亦
舒
作
品

开到荼蘼

亦舒

作品
49

CTS

湖南文艺出版社

博集天卷
CS·BOOKY

开到荼蘼

目录

开到荼蘼

壹.

许久没有回来，

这座城市的一切都变了，

变得更热闹更繁华，

连以前那种暴发的土气都消失了，

美丽的人们的面孔上都略带厌倦享乐的神气。

一切故事都是在飞机上开始的。

　　我喜欢在飞机上开始的故事。

　　身边坐着位太太，非常富态，十分雍容华贵，身穿名牌套装，脖子上挂着一串每颗直径一厘米的珍珠，滔滔不绝地向我发表她对世物的一切宏论，虐待我双耳。

　　"真不容易，"她说，"做人真不容易，苦得要命。一出娘胎，先要看看有没有残疾，全身健康，又想相貌漂亮，最好聪明，又要会读书，更要懂得与人相处。还有还有，最重要的是肯挣扎向上，但千万不要乘错飞机，否则来一趟失事就一了百了。开车还要小心，连过马路都错不得，更不可惹官司……真正活到四十岁不容易。"

　　我看她一眼。

她略略不安："我的意思是，活到四十岁不容易。"不知她试图掩饰什么。

此地无银三百两，女人在这种地方最看不透，谁会猜她四十岁？恐怕近五十岁了。

她继续说下去："唉，做我们这一代女人不容易……"

我们？

"你看看，如今这一代女性多放任，多自由，差了十年，只差了十年，'我们'便像上了手铐脚镣似的，你说是不是？"

我不响。

飞机已接近香港。

我心毫无欢意。

"可是也有好处，'我们'是纯洁的，站在太阳底下，我同自己说：我是一个纯洁的人，比那些心里藏奸，说一套做一套的人，不知幸福多少，我们人品是上等的，'我们'生在那个时代，由不得我们放肆。"

我疲倦地合上眼睛。

"'我们'——"

我蓦然回首："不要再说'我们'了，太太，我已经公开承认我二十六岁,我怕把你映老。"

她一愕,听懂了,立刻被得罪,紧紧地闭起嘴,眼睛看向窗外,不再理睬我。

我真后悔。

为什么不早在十五小时之前得罪她?反正她总要生气的,我就不必滴满耳油,多听几十车的废话。

我只不过是要保护我的重要器官之一——耳朵而已,然而还是得罪她了。

人一旦要坚持他是纯洁的或是脆弱的,任何微弱的理由都可以成为他的支持。

到了。我的老家到了。

曾经发誓不要再回来,时隔七年,还是回来了。

飞机缓缓着陆,我心也越来越低落不快,几乎想原机掉头回去。

勉强振作精神,挽起手提行李,我步出机场。

母亲偕司机在等我。

我们在去年见过面,但她仍细细打量我,面孔上带一个宽慰的笑容:"又长高了。"

我不禁觉得好笑。老说我长高,其实我自十二岁后并未长高过。

"行李呢?"

"哪里有行李? 就这么多, 谁耐烦轮候行李。"我拍拍手。

新司机是个中年人, 看不出真实年龄, 有四五十岁。

"小姐,"他说,"我是阿莫。"

我朝他点点头。

"父亲怎么样了?"我问。

"还在家里休息, 不过一直吵着要回公司。"

我问母亲:"陈伯呢? 他到什么地方去了?"

母亲讶异地说:"陈伯在三年前过世, 你不知道? 我们忘了向你提起?"

我震惊得如五雷轰顶:"他强壮得似一头牛, 去世了? 什么病?"

"心脏病。"

父亲也是心脏。我不响了。

在等司机把车子开过来时, 母亲抬起头:"咦, 那不是祝太太吗?"

我也抬头, 真是冤家路窄, 这不是坐我隔壁的太太吗?

我连忙往母亲身后躲。

母亲并不知原委，拉我出来见客："祝太太，这是小女韵娜。"

祝太太本来花枝招展地迎上来，一见是我，面孔上一阵青一阵红，终于忍不住，一昂首，便上了她家金光闪闪的豪华车。

母亲莫名其妙："怎么一回事？"

我解释："她坐在我旁边不停地说话，被我抢白，她可能生气了。"

"你怎么可以这样？"母亲大惊失色，"你有没有向她道歉？"

"道歉？有什么好道歉的？"我自若地说，"像她这种女人，不知多么喜欢有人得罪她，好挟以自重，骄之亲友。"

母亲白我一眼。

老莫慢动作地把车子开过来，是一辆日本车。

又一宗意外，"我们的奔驰呢？"我问。

"卖掉了。"

我惊问："我们穷了吗？到这种地步了？"

"这孩子！二十六岁的人还神经兮兮的，叫人听到算什么？咱们王家几时有过什么钱，又怎么会穷下来？"

我点点头："否认，全盘否认，最聪明的做法。"

母亲解释："我同你父亲总共才两个人，排场那么大干什么？现在他身体不好，我们都不大出去了，这派头也不必充了。"

我不以为然："开一辆奔驰也不算是派头，满街都是。"

"老头子老太婆不论这些。"她感叹地说。

在车中我们尽说些不相干的话。

"咦，怎么往郊外驶去？"我问。

"因你要回来，我们搬了家。"母亲的语气很平静。

"老房子呢？"

"卖了。"

不想让我看见老房子。

一片苦心。

"这是什么地方？"

"这是沙田。"

"沙田？"我怪叫起来，"沙田变成这样了？"

"有些地方发展得还要好呢。"母亲笑说。

一副贸易拓展局局长的态度。

我紧握她的手。

"一个人在外头做事，惯吗？"母亲问。

"做学徒，又不是担大旗，挺有趣的。"我说。

"你早些回来倒好，可以帮你父亲做账。"

我笑："做假账。"

"你怎么一脑子古怪的思想？"母亲甚觉不安。

做人便如做一笔账，岁月添增一项项债目及收入，要平衡谈何容易。又有许多无名肿毒的烂账，不知何年何月欠下不还。一簿簿老厚的本子，都发了霉，当事人都不想翻启。

又有些好事之徒特别爱替人算旧账，不知什么道理，总希望知道对方开业以来的所得所失……

母亲握着我的手："你还打算回去？"

"当然，"我说，"待爹爹好些，我便回去。"

"是辞了工来的？"

"不相干，以我这么低的要求，什么工都找得到。"

"你上次见我们时身边那位足球健将呢？"母亲问。

"谁？"

"那个姓蒋的男孩子。"

"哦，那个。"

"他怎么了？"

"我不知道。"

"你现在不同他走了吗？"母亲紧张地问。

"妈妈，你真唠叨，完全像个老人家了，人家夏梦同你差不多年纪，你看人家多美多时髦。咦，到家了？"我说。

我先推开车门跳下去。

我不经意地抬起头问老莫："几楼？"

"十二楼。"

"地方有多大？"

老莫笑说："小姐上去便知道了。"

妈妈追上来："等等，等等。"

我拉着她一起上楼。

父亲穿着运动服在大门口等我。

我与他拥抱。他气色看上去很好，病发云乎哉？不过是用来要挟我归家的借口。

我同妈妈说："当心啊，你瞧爹爹还是这么雄姿英发。"

妈妈无奈地说道："这孩子有点疯疯癫癫的，整个人都变了。"

爹爹凝视我问:"是不是有点紧张?"

"我以为你是病人,所以特别紧张,谁知看上去什么事都没有。"

我到处乱走,新公寓也不小,但比起以前的房子自然不可同日而语。

我一直怕回到以前的大宅,如今知道没有这个恐惧了,反而怅惘起来。

我站在露台上很久很久,父母并没有来叫我。

他们的过分体贴令人难堪。

我看着屋脚远处仅余的一块荒田,凝视良久,终于回头,一个年轻的菲律宾女佣给我递上一杯茶。

我又忍不住问道:"一姐呢?"

妈妈说:"人家告老还乡去,不做了。"

没有这么简单,故意把我身边的人都调开,使我做一个没有回忆的人。

"何必用菲佣?"我看那女子一眼,"肉乎乎的。"

"少批评两句,坐下来,陪陪妈妈说话。"

"我们必须要吃她煮的菜?"我问。

"妈妈煮给你吃,可好?"

"妈妈下厨？爹，我们家可真穷了？怎么到这个地步，妈妈要进厨房？"

"你别嬉皮笑脸的好不好？"妈妈抱怨。

"让她去。"爹看她一眼。

这样眉来眼去的，莫非是怕触到我的痛处。

我推开房门，走进他们为我预备的房间。

可怜天下父母心，把房间装修得如小女孩子的卧室一般。

我推开窗户，风景极好。

到家了。

回家来了。

妈妈在身后问道："还好吗？"

"太漂亮了。"我说，"我在纽约那间公寓……"

妈妈说："那个地方怎么住人，冬冷夏热，要给你寄钱还不准。"

"我倒是蛮开心的。"我说。

"韵儿，你真的开心吗？"妈妈凑过她的面孔，颤巍巍，含着眼泪说。

我最怕这一招。

　　所有的妈妈，都专爱来这一招。

　　别的慈母我不管，我这位令堂当年还是岭南大学的高才生呢，我感觉受不了。

　　"我非常快乐。"我毫无诚意地说。

　　"韵儿，你要说老实话。"

　　"妈妈，说真的，做人怎么会快乐呢？正如那位祝老太所说，既聪明又健康，再加上美丽兼有上进心，一次错误，也足以致命。你就别理这么复杂的事吧，让我苦乐自知岂不是更好？"我苦苦哀求，"让不快乐继续腐蚀我短短的一生吧。"

　　母亲反而被我引得笑起来："你在做什么？吟新诗？"我与她笑作一团。

　　父亲不放心，推门进来，向母亲使一个眼色："不要同女儿多说，让她休息。"

　　"同你说多三句话就没正经起来。"母亲抱怨。

　　"这是一个太滑稽的世界，母亲，我无法板着面孔做人，周围都是卡通人物，试想想，那么多人公开标榜他们是纯洁的，我能不笑吗？"

　　但我的确有点歇斯底里。

爹说得对，我紧张，我用手掩住面孔。

"你倦了，"母亲说着站起来，"睡一会儿。"

我点点头。

她让我一个人留在房里，我看一会儿天花板，睡着了。

醒来的时候，看到一个女郎坐在我的小书桌前看杂志，长发披肩。我轻轻叫她："姬娜。"

她转过头来："醒了？"

我撑着坐起来，甩甩头，微笑着问："好吗？"

"姑妈叫我来的，说你到了。"

她看上去光鲜亮丽，面孔上的妆红是红，白是白，益发衬得眼睛雪亮，轮廓玲珑。

"气色很好哇。"我轻轻说。

"你呢？好不好？"

"过得去。"

"姑妈说你很紧张。"

"他们先紧张，情绪影响了我。"

"你也该回来了。自我放逐已七年，况且姑丈身体也不好。"

"不至于那么严重，"我说，"他们不过是想让我回来。"

"你借此回来，也是好的。"姬娜说。

在一盏小小的水晶台灯照耀之下，我抱着双膝坐在床上，姬娜反转椅子面对我坐，下巴支在椅背上。

一切像十年前一般，什么都没有变，当中的十年没有过，我们仍然是小女孩子，关在小房间内谈心事。

我叹一口气。

"你还是老样子。"姬娜说，"过去的事最好忘记它，一切从头开始。"

"打什么地方学来的老生常谈？"我轻笑。

"我劝你不必神经兮兮地强颜欢笑，自己的父母，有什么不明白的。"

我不出声。

"像现在这样自然就好，有话就说，没话就不要说，千万不要勉强。"

我说："要是我不故意振作，如此郁郁寡欢，他们又要担心，我的处境很困难。"

"我给你介绍一些新朋友。"姬娜说。

我苦笑："我有很多新朋友。"

"不是你那种，是真正可以倾谈的那种。"

"倾谈什么？我的过去？希望他们了解？"

"不可如此悲观。"

"我并不希望别人原谅我，"我说，"我一切过失，自有我自己承担，与人何尤。"

"太偏激了。"姬娜温柔地说。

"你是我，你会怎样做？事情不临到自己头上，是永远不会明白的。"

"我明白，跟我出去走走，我每个周末都有节目，你当散散心也是好的。"

我问道："是我母亲托你的？"

"一半一半，"她侧侧头，"但我们是好朋友，记得吗？"

我与她拥抱。

"第一步，我们要出去替你买衣服。"

我笑："这是你生平第一兴趣。"

她也笑了。

姬娜走的时候我好过得多。

菲佣煮的小菜并不是太可怕。

怎么会比我的手艺更恐怖呢？吃自己煮的食物七年，苦不堪言。

母亲不安地问我："韵儿，你在想什么？"

我说得对不对？我不停说话，他们怀疑我神经质，不出声，又怕我心中有事。

我伸一个懒腰解嘲。

稍后我听见父亲轻轻责备母亲："你怎么老盯住她？放松一点，不然她一声'吃不消'，又跑掉七年，再回来时你我骨头都可打鼓了。"

母亲不说什么。

我轻轻关上房门。

如果，如果我觉得压力太大，我必须要自救，会立刻离开这个家，所以父亲是对的。

姬娜对我真正关心，第二天就开始带我出去散心。

面对她我不必做戏，精神完全松弛，干脆拉长面孔，由她去忙。

许久没有回来，这座城市的一切都变了，变得更热闹更繁华，连以前那种暴发的土气都消失了，美丽的人们的面孔上都略带厌倦享乐的神气。

我很欣赏这一点进步。

无论在什么地方，我总是跟在姬娜身后，不声不响，光记挂着吃。

我胃部的空虚似乎比我心中的需求还要大，我想用食物来溺毙我的烦忧。

姬娜的朋友与她属同类，都长得漂亮，家里小康，赚的月薪用来打扮及吃喝，很天真活泼，眼高于顶，甩不掉小布尔乔亚的包袱，喜欢踏过不如他们的人去朝拜超越他们的人。

为什么不呢？他们有他们的世界。

姬娜感叹地说："实在嫌他们肤浅，并没有出色的人才，然而不同他们走，又不知跟什么人来往。"

我说："二十多岁的男人……男人总要到四十岁才会表现出色，非要有了事业不可。"

"四十岁？只怕女儿都同你我差不多大呢。"她颓然。

"少女姬娜的烦恼？"我取笑她。

"咄。"她笑出来。

这样子吃菜跳舞一辈子都不管用，谁也不会同谁结婚。

"你觉得他们如何？"

"没前途，"我摇摇头，"这群人太狷介太无能。没有一个具资格成家立室，除非你愿意一辈子坐在写字楼中工作贴补家用。这群人又挺不安分的，爱充场面，不讲实际。在一起说笑解闷是可以的，谁也不会更进一步表示什么。"

"没有这样悲哀吧？"

"除非老人家驾返瑶池派彩给他们。否则，他们还打什么地方找钱来置家？"

"老人家？有些父母的精神比咱们还好，打扮比我们还时髦。"

我哈哈大笑起来。

"你似乎并不担心。"姬娜推了我一下。

"你知道我，我是打定主意抱独身主义的。"

"也不必，"她说，"看缘分怎么安排吧。"

"这个地方真令人苍老，年纪轻轻就讲起缘分来了。"我微笑。

不过姬娜仍然天天出去同这群人泡。

我则在找工作。

薪水偏低，而且我回来得不合时宜，许多人都紧缩开销，奔波数月，并没有结果。

母亲不停地与我说道："要是嫌闷，先到你爹那里去做着玩。"

我是一个持证会计师，她却同我开这种玩笑。

而号称心脏不胜负荷的爹，见我回来，安静无事，早已回到公司不定时工作去了。

母亲没发觉我心苍老，一直鼓励我出去玩，我也乐得往外跑。

开朗的姬娜给我许多阳光。

"今天你一定要出来。"

"又有什么好去处？"我笑问。

"朋友的朋友的朋友开店，举行酒会，你一定要来。"

我啼笑皆非，漂亮的女孩子到处受欢迎，她有没有帖子人家都会放她进去，故此变本加厉，还要带了我去。

我说："如此藤牵瓜，瓜牵藤，一百张帖子足足带一千人。"

"有什么关系？喝杯东西，看看城中各人的风采，不亦乐乎。"

"什么时候？"我问。

"明天下午三点。我来接你，穿漂亮一点。"

我取笑她："白色武士不会在那种地方出现的，来来去去，不过是那几只社交甲虫。"

"你这个人最扫兴。"她摔掉电话。

但是星期六来了,我还是兴致勃勃地在衣橱里挑衣服。

我穿着内衣,一件件数过去,菲佣没敲门就进来,我微愠转头,她并没有道歉,更无察觉我面色已变,目光却落到我举起的左手,吃惊地低呼一声,手中拿着的衣服落在地上。

母亲刚巧在这时过来,见到这种尴尬情形,连忙喝退她。

"韵儿——"她慌张地凑前来安慰我。

我连忙说:"妈妈,你也请出去一下。我要换衣服。"

母亲只好退出。

我连忙找到打网球用的护腕套上。

但再也没有心思选衣服了。

我胡乱罩上薄衣与粗布裤,头发扎成马尾辫便出门了。

母亲追上来:"韵儿……"

我强颜欢笑:"我约好姬娜,有什么话回来再说。还有,别责备用人。"

到了目的地,姬娜很不满意。

在继后的十分钟内不停地埋怨我不修边幅。

我忍无可忍，哭丧着脸说道："你若再批评我，我就回纽约。"

她听见纽约两个字，倒是怕了，立刻噤声。

大约是觉得好心没好报，她生气了，拉长了面孔。

美丽的面孔生气也仍然是美丽的面孔，见她动气，我便收敛起来。

我们到那家店的门口，大家都不说话，神情古怪。

那是一家时装店，我本不想逗留，但一眼看去，便被吸引。

是装修实在精巧的缘故，店堂分黑白二色，属十九世纪二十年代的 Art Deco 设计，一桌一椅，莫不见心思。

店门口排满七彩缤纷的花篮，映到里面的水晶玻璃镜子里去，亦幻亦真。

地下是黑白大格子的大理石，简单华贵。

陈设美丽得使姬娜与我忘却生气，不约而同赞叹一声"呀"。

天花板上悬下古典水晶灯的璎珞，照得在场宾客如浪漫电影中的男女主角般，衬得他们衣香鬓影。

我们面面相觑，心想羊毛出在羊身上，这里的 T 恤怕要三千元一件。

我与姬娜推开玻璃门进去,白衣黑裤的侍者给我们递来饮料,我们也不知道谁是主人。

姬娜遇见她的熟人,丢下我交际去了,我独身坐在一张黑色真皮沙发的一个座位上。

这地方真美,所有的时装店都该打扮得这么漂亮才是,符合"云想衣裳花想容"的宗旨。

美,美得女人一见,灵魂就飞了。美得与现实脱节,如置身太虚幻境。

为什么不呢?如今的女人这么吃苦。

我深深嘘出一口气,姬娜带我去过那么多地方,只有这一次我实在感激她。

正当我入神,有人在我身边说:"好吗?"

我转过头去。

如果是衣冠楚楚的一个男人,我不会这么高兴,我看到的是一个同道中人。

这人白色的棉纱 T 恤,脱色粗布裤,球鞋。非常秀气漂亮的脸,尤其是一张嘴,棱角分明,像自月份牌美女的面孔上借过去的。

"好。"我答。

他看看四周，见附近没有人才说："只有你我穿粗布衣裳。"

我点点头笑。

"我的裤子比你的还老。"他滑稽地说。

我不服："我的有七年。"

"嘿，我的十一年。"

"见鬼，十一年前你才九岁，哪儿就长得这么高了。"我笑。

"什么！"他连脖子都涨红，"你猜我才二十岁？倒霉。"

我又笑。

他是一个活泼可爱的男孩子，并且一点也不俗，人长得漂亮便有这个好处。

他说："我叫左文思，你呢？"一边伸出手。

我与他握一握："王韵娜。"

"认识你很高兴，你同谁来？"他怪好奇。

"姬娜。"我指一指那个满场飞的背影。

"啊，美丽的姬娜。"左文思点点头。

"她是我表妹。"我说，"她带我来玩，其实我相信连她也不认识主人——这家店叫什么？"

"云裳时装。"

"真的吗？"我讶异，"名字像二十世纪五十年代小家碧玉光顾的服装店。"

他微笑。

我有点不好意思，连忙噤声，如果店主人在附近，我就尴尬了。

"装修还过得去吧？"左文思说。

"嗯，一流，以前伦敦的'比巴'[1]有这股味道，然而这里更为细致。"

他的兴趣来了，将腿交叉，换一个姿势，问："你是做设计的？"

"不，我是会计师。"我说道。

"哦？"左文思意外。

"你呢？"我问，"你做设计的？"

"可以这么说。"

我四周张望："他们怎么没有衣服挂出来？这里卖什么

---

[1]　比巴：Biba，二十世纪六十年代伦敦知名服装店。

衣服？"

"这里光卖黑白两色的衣服。"左文思说。

"真的？"我服了，"真的只有黑白两色？"

"是的，没有别的颜色。"

我难以置信："世上有那么多颜色，一家店怎么可能只卖黑白的衣裳？会有人光顾吗？"

"一定有的。"他微笑。

"你怎么知道？"我不服气。

"你通常穿几个颜色？"他忽然问。

"浅蓝与白。"

"是不是？你可以在这里买白衣服，然后到别处去买淡蓝色。"他托一托眼镜架子。

我只好摇摇头："我不跑两家店。"

"你这个人太特别。"他说，"一般女人起码有十家八家相熟的时装店。"

我耸耸肩。

这时候姬娜走过来，她惊异地说："左文思，你已认识韵娜了？"

左文思站起来："刚刚自我介绍过。"

姬娜笑："你都不请我，是我自己摸上门来，又带了她。"

"我今天请的是同行及报界人士，下星期才请朋友。"

我一愕，抬起头。

左文思朝我眨眨眼。

姬娜反嗔为笑："那我下星期再来。"

"一定一定。"左文思客气地说。

姬娜又到别处交际去了。

我讶异地问："你便是店主？"我太唐突了。

"是。"

"为什么不一早告诉我？"我问。

"你没问，我以为你知道，没想到我名气不如我想象中大。"他笑。

我问："你干吗穿条粗布裤子？今天是你的大日子。"

"我两个经理穿全套西装正在招呼客人，我情愿做幕后人员，光管设计及制作。"

他非常谦虚，有艺术家的敏感，看得出是个工作至上的人。

我说："很高兴认识你。"我站起来。

"怎么，你要走了？"他颇为失望。

我侧侧头，想不出应说什么。

"是不是我令你尴尬?"他赔小心。

"没有没有。"我说，"改天来看你的衣服。"我退后两步，继而挤入人群。

我找到姬娜，央求她:"走了。"

她正谈得兴高采烈，见我催她走，十分不愿意，不过终于说:"多么迁就你，因怕你回纽约。"

我有点惭愧。

她挽起我的手臂:"来，走吧。"

在归途上她问:"是你主动跟左文思攀谈的?"

"我不晓得他便是店主。"

"他在本地很出名，但他不是爱出名的那种人。"

我笑笑。

"你怎么忽然间要走? 是他反应太快?"

"快? 不，我们不过交换了姓名。"

姬娜点点头:"我也认为你不应怕难为情，听说这几年来你在纽约的生活节奏快得不可思议。"

我看着车窗外，不出声。

"我说错了?"姬娜问。

"不，没有，没有错。"我忽然觉得很疲倦。

姬娜说："到了，我不送你上去了。"

"不用客气。"我说。

"韵，你必须忘记过去。"她说。

我问："我怎能忘记？你们不断地一声声提醒我，叫我怎么忘记？"我又生气了。

姬娜瞪我一会儿，一声不响开走车子。

这一走起码半个月不会再理我。

我知道，做好人是难的，他们都太关心我，寸寸盯着我不肯放，没有一个人肯忘记过去的事，没有人肯把我当个普通人。

我回来错了？

但也应该给自己多一点时间，以及给他们多一点时间。

我躺在床上，用枕头枕住下巴。

给自己多些时间……

我忍不住打电话到姬娜那里去。

她听到我的声音有点意外。

"没有得罪你吧？"我向她道歉。

世人都是吃软不吃硬的居多，她立刻松下来："你这人……也难怪，是我太心急一些。"

"你一生气，我就要面壁，"我说，"整日在家可吃不消。"

"你以前死不肯说'对不起'，有次把我一个发夹弄坏，逼着姑妈四处去配个同样的，还不就是怕道歉。"

"那年我才十三岁。"

"韵，咱们的交情，也实在不用说'对不起'。"

"再告诉你一件事，好叫你心死。我三岁时你一岁，奶奶自你出世后就不那么疼我，我一直暗暗恨你，趁大人不在，抓住你脚趾狂咬。你大哭，妈妈叫我跟舅母道歉，我死也不肯，而且半年没上你们家。"

姬娜倒吸一口气："有这种事？你这坏人，咬哪只脚？怎么没人告诉我这件事？"

我哈哈大笑。

姬娜说："我真应考虑同你绝交。"

"你想清楚吧。"我挂上电话。

母亲探头进来："什么事这么好笑？"

"同姬娜说起孩提时的趣事。"我说，"妈，我想同你商量点事。"

"又是什么？"她有点心惊肉跳的。

"我想搬出去住。"

她别转面孔："我最不要听这种话，父母碍着你什么？刚回来就要搬出去，那还不如不回来。"

"你听呀，等我找到工作才搬出去，现在也没有钱。"

"不许搬。"

"妈妈，"我看着她，"姬娜都一个人住。"

她叹口气："你嫌爹妈什么呢？"

"每天进出都要交代，每天睡前要道晚安，每天要表示的确爱父母，你说是不是惨无人道？"

母亲悻悻然："这是什么话？我听不懂。"

"我们商量一下，再做决定。"我说。

"你们所谓商量，是早已决定，例行通知一声老家伙，已属仁至义尽的好子女，一不高兴，一句话没有就一意孤行的也有……"

"妈妈，吃饭的时间到了，看看有什么菜。"我换一个话题。

"对，"她说，"我得去瞧瞧她把那道茄子塞肉弄得怎么样了。"

妈妈一阵风似的走出房间。

我已不习惯同其他人住，即使这其他人是父母。

我喜欢独自占据一间公寓，浴后用一块毛巾包着身子，良久不穿衣服也不要紧。

我又喜欢深夜独自看电视里的旧片，还吃芝士喝白酒。

妈妈其实是明白的，只不过他们一惯不肯放开子女。

无奈家中即使再好吃好住，也留不住成年的孩子。

晚饭桌上只闻碗筷响。

父亲终于说："要搬出去的话，现在找房子倒是时候，房租便宜得多。"

我大喜："谢谢父亲大人。"

"不过一星期起码得回来报到一次。"

"是是是。"我一迭连声应。

母亲不出声，眼睛露出深深的寂寞，我假装看不见。

姬娜说他们够体贴的。

我一门心思地找工作，自动降低要求，去工业区找发展，终于在一家制衣厂担任会计。

厂是老厂，以前管账的是厂长的舅爷，私相授受，鬼鬼祟祟。老板过世，太子爷上场，誓言要革命维新，见我去上工，一拍即合。

我花了足足十天才把账簿看出一个眉目来，错是没有错，假也假不了，只是乱。要从头替他建立一个制度，如造万里长城，并且旧人手底下那班重臣也未必肯听我的，麻烦不止一点点。

我同年轻的老板说了我的意见。

他叫我放胆去做，把尚方宝剑递给我，准我先斩后奏。

这分明是借刀杀人。

他自己要做红脸，便找我做白脸，我要是争气，便成为他新王朝的开国功臣；我要是做得不妥，他便把责任卸在我肩上。

真奸诈。

为一点点薪水，我实在犯不着如此精忠报国。

心中犹疑起来，精神反而有寄托，只把这件事翻来覆去地想，也不闹搬家了。

照说这是个好机会，战败可以引咎辞职，做一次政治牺牲品，一旦出现冷门来胜一仗，以后便一帆风顺可以做重臣了。

在这个当口，天渐渐凉了。

我拉杂成堆，把旧衣服与姬娜借我的行头夹在一起穿，提不起兴趣来买新衣服。

装扮是极花心思与时间的一件事，以前我也是其中高手，近年来简直没有兴趣。

现在在工厂区上班，衣着并不是那么计较，我也乐得一副名士派头，西装裤毛衣，加件姬娜的长直身大衣，竖起翻领，冒着细细毛毛雨，踩一脚的泥泞。

姬娜说："不打伞，这件开司米[1]大衣一下子就淋坏了。"

我不经意答："衣服总会坏的，人总会死的。"

她狠狠白我一眼。

我喜欢这种天气，令我想起初到纽约，空气中也有一股肃杀。

第五街那么热闹，我都没有投入，车如流水马如龙，我只是一座陌生城里的陌生人，活着是一个人，死也是一个人，至多在街上乱闯，直到累了，找个小地方喝杯咖啡。

那是我一生中的转折点。以往我太年轻，不懂得如何

---

[1] 开司米：即 cashmere，羊绒。

生活，现在可知道了。

街角上小贩卖熟食，一大堆女工围上去，兴高采烈地说起昨夜与男友去看的一场电影，我呆呆地做观光客，看她们面孔上洋溢的幸福。

大概是衣服穿得不够，大概是盒饭吃过饱，我觉得疲倦不堪，回到写字楼，关上房门，伏在桌子上小睡。

真没料到会睡得着。

蒙眬间进入梦境，来到一个陌生的荒地。

"这是什么地方？"我问。

有人说："这是喜玛拉雅山山麓。"

在梦中我诧异，来这种地方干什么？

我忽然间看见明晃晃的刀，刀用力砍在人的背脊上，肌肉连皮下脂肪翻卷起来，露出白森森的骨头，血如泉涌。

我受惊，大声狂呼。

抬起头，一手扫开，桌上的玻璃杯子落地摔个粉碎。

我喘气。

这个梦太熟悉了，这七年我日夜与它共同生存，已经成习惯。

我取出手帕抹去额角的汗，斟一杯热水喝下去，灵魂又回归躯体。

喜玛拉雅山山麓！我哑然失笑，做梦真是什么样的背景都有。

下班时分，我开始有不祥的预兆，迟迟不肯离开公司。

小老板过来："还不下班？你面色好差。"

我勉强笑说："今天向会计科同人慷慨激昂地陈词十五分钟，说得他们面孔一阵青一阵白，我自己也元气大伤，不过很奇怪，他们并没有什么对我不利的言行举止。"

小老板有点得意："放心去做，建立你的制度。相信我，许多人为虎作伥，自有其不得已之处，说穿了还不是为饭碗，基于同样的理由，他们也会拥护你。"

我笑了。

小老板也许不是理想的经理人才，但他无异是心理学专家。

我与他一起下班，他硬要送我一程，我只得说有约会，不与他顺路，他很明白，向我扬手道别。

我的心越来越不安定，加紧步伐向大马路走去，预备叫车子。

　　泥泞斑斑的路上塞满各式各样的交通工具，蓦然抬头，我知道为什么会心惊肉跳一整天了，这不是他是谁？

　　化成灰了也认得他。

　　终于碰见他了。

开到荼蘼

贰·

霎时间我变得万分金贵，
因为被爱的女人永远是金贵的。

我连忙缩进一条小巷，苍白着脸，偷偷探出一边面孔去看动静，他已经不见了，什么也没看到。

我浑身因惊恐而颤抖。到底是幻是真？

真是滕海圻？抑或魔由心生，全是我的想象？

一晃，他怎么忽然不见了？

那明明是他，灰色西装与同色领带，斑白的鬓角，英俊的面孔……不过他到这个地区来干什么？

我闭上眼睛，是我眼花吧，我实在太紧张了。

就算真的面对面碰上了，也应淡淡地看他一眼，然后若无其事地走开，假装不认识他。

这个反应我已经练习七年了，怎么一旦危急起来，半分也使不上？太窝囊了。

心一酸，眼泪自眼角滴下，我刚伸手要擦掉，忽然有一只手落在我肩膀上。

情急之下，我突然叫起来。

"对不起，对不起。"那人使劲道歉。

我转身，看到是一个年轻小伙子，惊魂未定。

"是我，"他说，"记得我吗？我叫左文思，我们见过一次。"

我怔怔地看着他。

是，左文思。我是怎么了？我怎么像是自鬼门关回来似的？

"我记得你。"我努力镇静下来，捋一捋头发。

"我吓你一跳？"他抱歉地说，"我刚才在大马路看见你，来不及走过来，没想到你已不见，幸亏在小巷一张望，又发现你在发呆。怎么钻进来的？这里多脏。"

"我……我不见了一只手套。"

他说："在这里，不是一只，而是一双，不过要洗了。"

他替我把手套捡起来递给我。

他看着我，脸上喜气洋洋的："你怎么会在这里出现？"

"我在这里办公。"我说。

"替谁？"

"曹氏制衣。"

"啊。"他显然对这一行熟悉。

"你呢？"我随口问。

"我来取订单。"他答。

他扶我走出小巷，我已定下神来。

"让我送你一程，"他坚持，"你精神有点不大好。"

我不再坚持，默默跟他前去。

他并没有开车，我们上的是街车。

我神色非常恍惚地倚靠在车椅垫上。我发誓刚才见到滕海圻了。

香港这么小，既然回来了，便一定会碰见他。

我苦笑，还是对牢镜子，多练习那个表情吧，先是淡淡地看他一眼，然后若无其事地走开。

"韵娜。"左文思唤我。

"是，你同我说话？"我吸进一口气。

"你怎么了，鼻子红通通的。"

"噢，我重伤风。"

"我有预感，我知道我会再次碰见你。"他搓着手，兴奋地说。

我回过神来："那当然，除非不出来，否则总会碰得见。在咖啡座、戏院、马路，这是一座人挤人的城市。"

"啊，韵娜，我可以约你出来吗？"他起劲地问。

"我？当然。"我有点不自然。

"我打电话给你，我记得你说过要看我的设计。"

"啊……是的。"我掏张名片给他。

"谢谢你。"他慎重地收起来。

"我到家了，谢谢你。"我下车。

"喝一杯热茶，好好睡一觉，以后雨天记得带把伞。"他在车中叫出来。

我不禁微笑起来。

失魂落魄到连陌生人都忍不住要给我忠告。

世人是这样的，专喜欢教育指导别人。

到家，筋疲力尽，也不吃饭，洗把脸便倒在床上。

隐隐听见母亲说："穿着这种铁皮般的裤子，怎么睡得着？"

我翻一个身，睡得似猪猡，管他呢。

第二天八点钟醒来，足足睡了十一个小时。腹如雷鸣，连忙到厨房去叫菲佣做早餐，接着换衣服上班。

父亲见我狼吞虎咽，笑问："还说要搬出去住？"一副大为宽慰的样子。

我也笑。

真的，许久没说要搬出去住了。

"慢慢吃，叫司机送你去。"父亲说。

"太塞车，地下铁要快得多。"

我抓起大衣与皮包就走。

临出门看到母亲宽慰的笑容。可怜天下父母心。

中午时分，我叫信差出去买一份盒饭。

有人在我房门上敲三下。

我以为是曹老板，一抬头，看到的却是左文思。

"你？"我笑，"怎么一声不响走上来了？"

"来看你。"他喜滋滋地说。我打量他，手中没有花，没有礼品，可知不是巧言令色的人。

"请坐。"我站起来让地方给他。

我的"房间"是三扇夹板屏风围起来的一块四方豆腐干，门上一块磨砂玻璃，非常老土，钢制写字台，一张小小旋转椅。

面前堆满文件纸张。

他在我身边一张旧椅子坐下。

"人家的房间金碧辉煌，"他说，"如电视剧中的布景。"

"我并不介意，"我说，"是歌者，不是歌。"

他凝视我，只笑不言。

我取笑他："你仿佛有大喜的消息要告诉我。"

他一拍手："对了。"

左文思道："今天下午五点整，我在楼下等你，我给你看我新设计的衣裳。"

我见他这么热心，不好推辞，微笑说："我又不是宣传家，给我看有什么用。"

"你可以做我的模特。"

"我？"我睁大眼睛。

"你这个可爱的人，多次开口，总是心不在焉地反问：'我？'为什么这样没有信心？"

我腼腆地笑。

"你那么注重我的一举一动干什么？"

"你太害羞。"

我实在忍不住，又来一句："我？"

我们两个人相对哈哈大笑起来。

我害羞？不不不，没有这种事。在外国，我的作风比最大胆的洋妞还要大胆。不知怎的，面对他，我的豪爽简直施展不出来。

他说："一言为定，五点整。"

"嗯！"

他向我眨眨眼，开门出去。

我感叹地想，他竟对我有这样的好感。女人对这个岂有不敏感的，立刻觉察出来。

小老板推门进来，声音带着惊喜："那是左文思吗？"

"是。"我承认。

他坐在我对面："我们想请他设计一系列的运动装，配合欧洲的市场，他一直没有答应。"

"是吗？"我礼貌地点头，并没有加插意见。

小老板说下去："这小伙子很了不起，看着他上来，开头不过是工学院的学生，课余跑小厂家找些零零碎碎的工作，不计酬劳，服务周到，脑筋又灵活，老板们一瞧，比名家更妥当，便正式聘用他，不到十年，被他弄出名目来，现听说开了门市。"

"是的。"

"你同他是好朋友？"小老板问。

"不，很普通的朋友。"

"他的名字在欧洲也很吃香。"

"帮帮忙，看他几时有空，请他吃顿饭，那几套运动服就有着落了。"小老板满怀希望。

我只好微笑。

"'左文思'三个字可当招牌卖，"他又咕哝，"不过这人不爱交际应酬，一切由经理出面，我抓来抓去抓不到他。"

原来真是一个名士。

"他的出身神神秘秘的，听说是个孤儿，只有一个姐姐相依为命，如今也嫁得很好，两姐弟总算熬出来了，他们父母在天之灵也会觉得安慰的。"

小老板有上海人的特色，一句话可冲淡分开十句来说，却又句句动听。

我问："在这座城里，是否每个人都知道每个人的事？"

小老板笑了："当然不是，仅限于知名人士。九姑七婶的事，又有谁会关心？"

"谁算是知名人士？"

46

"举个例子，左文思便是，而我就不是。"他笑。

"是吗？为什么？有什么界限？"我好奇起来。

他狡狯地说："但如果我去追求某个小明星，也可以立刻成为名人。"

"是吗？"我不置信地问。

"当然，否则你以为小明星有那么吃香？"

我恍然大悟。

"韵娜，你这个人……实在天真，不过不要紧，在香港住下来，慢慢学习，一下子就惯了。"

我笑起来："我并不是纯洁的小女孩。只是风格不同，尚待适应。"

"这我不知道，但我晓得你是个好会计师。"

他出去了。

我用手撑住头。

看样子在这里是做得下去的。做得下去便做下去，从头开始，认识新的朋友，抬起头来，朝向阳光。

我握紧拳头，为自己突然而来的发奋笑出来。

五点整，左文思在楼下等我。

本来不想与左文思做进一步的朋友，但是经小老板一番言语，我觉得他真是个人才，不禁佩服起他来，态度便有显著的转变。

"出发吧。"我拉拉衣襟。

"这是你唯一的大衣？"他取笑我。

"嗯。"我说，"怎么样，看不顺眼？"

"我想打扮你，"他做一个手势，"你是这里唯一没有被颜色污染的女人，我可以从头到尾将你改观，我有这个野心。"

"当我是白纸，供你涂鸦？"我把手插在口袋中。

"来，上车。"

"我以前也嗜打扮。"我说。

"最怕不懂穿而偏偏又自以为会穿的女人，"他说，"索性不会穿倒不要紧，品位是后天性条件，先天性条件是有现代的面孔与身材。"

"啊。"我睁大眼睛。

"现在流行的粗眉大眼，你都有。"他说。

"我这眼睛鼻子长在面孔上已有二十多年了。"我笑。

"小时候一定没人说过你漂亮，是不是？现在轮到你出头了。"

我仰头笑："你这个人真有趣。"

"我在找摄影模特，为我这辑新设计拍照，你肯不肯试试？"

"可以胜任吗？"

"试试如何？"

我们又重新到达他的店铺。

这时衣服已经挂出来，一个架子上全是黑色，另一个架子上全是白色。

"只有这么十来件衣裳？"我问。

他说："当衣裳还在后面熨的时候，已经全部沽出，你相信吗？"声音居然有点无奈，"这里挂着的，不出三天，也会转到女人的香闺去，所以不必担心生意。"

"太好了，我最爱听到艺术家找到生活了。"

"我？"他笑出来，"原谅我学你的口气，我不是艺术家，只是个小生意人。"

"随便什么都好，很高兴认识你，左文思。"

我们重新握手。

这次才真的打算与他做朋友。

他自内间取出一串晚装，我一看，眼珠子都几乎掉下来。

全部是白与黑，或是黑白相间。

无论是长、短、露肩、低胸、露背、钉珠、加纱边，总而言之，都别出心裁，各有巧妙，一共十来件，保证任何女人看了，都会心向往之。

"真美！"我赞道，"真正是云之衣裳。"

"谢谢你。"他说道。

"穿上试试？"我笑问。

"请便。"

自有女职员来服侍我，帮我拉拉链，扶正肩膀之类。我照着镜子，慨叹一声难怪女人肯花大钱来装扮，看上去真似脱胎换骨。

脚下仍穿着球鞋，头发也没有弄好，梳一条马尾巴，我出去拉开裙裾，给左文思看。

他一只手放在下巴上，另一只手撑着腰，一打量我，马上吩咐女职员："叫摄影师来，说我找到了。"

"及格？"我问。

"是的，"他狂喜，"我第一眼看见你就知道你便是了。"

"不要拍近镜头，我已有眼角纹。"我坐在一张皮椅子上。

"一会儿摄影师会替你拍一些快相，如果适合的话，改天再正式进行。"

"这些照片会用来干什么？"

"帮我把这批衣裳推销出去。"

"噢。"

"我会付你酬劳的，别担心。"

我看着他："我也许错了，但我相信你。"

"你不会后悔的。"

不到二十分钟，他的摄影师小杨赶来，提着一瓶香槟。
"找到了？"嘴里嚷，"让我看看。"

他是个瘦长的年轻人，像是左文思的影子。

"是你，"他瞪着我，"果然天衣无缝。"

摄影师取出道具，替我拍了一大沓即拍即看的照片。

他与左文思指指点点："出色但非常生硬，要一百多卷
底片后才有会转机，此刻她认为相机为食人兽，必须熟悉
相机才行。"

"那不是问题。"

我嗫嚅："我不十分确定我有那么多时间。"

小杨冷冷地说："多少女人梦寐以求呢，杜丽莎昨日还
求我，还有咪咪，还有茱蒂想东山再起。"

左文思代我回答:"小杨,她不是模特。"

"你不是?难怪面孔这么新鲜。"小杨问,"你是干什么的?电影、电视?"

"都不是,不准你多问,星期天到你摄影室去。"

"好,"小杨收拾,"叫化妆师替她画重眼线,还有,头发要烫,球鞋倒可以用。"

左文思说:"非要把所有的女孩子都变成庸脂俗粉才能使你满足。"

"我不烫头发。"我抢着说道。

"当然,你梳马尾巴便可。"左文思说。

小杨耸耸肩:"星期天,记得,星期一我便去纽约。"

"得了。"左文思要把他推出去。

女职员捧出香槟,我们几个人干杯。

他们走了之后,左文思同我说:"肚子饿,一起去吃饭如何?"

"我换过衣裳再说。"

"就穿这件,我这里有披肩。"

我笑说:"这么疯?我已过了那个年纪,还是让我换衣服吧。"

他也许会怪我过于狷介，但我没有义务故意讨好他。

以前我会那么做，但以前我不懂得爱护自己。

他帮我套上大衣。

我们找到一家意大利馆子吃菠菜面。

"你是网球好手？"他忽然问，"平时还戴着护手。"

我一怔，随即答："同我的球鞋一样，习惯了。"

"其实我并不喜欢不修边幅的女人，看上去邋遢相，但你不同，在你身上，便是潇洒，这其中有微妙的区别。"

他声音低低的，其中自有动人之处。

我又一怔，不过立刻笑："骂我邋遢！"

他揉揉鼻子。

"有些女人已经走到尽头，出足风头，粉搽得不能再厚，青春不能再回来，服装不能再新潮、触目、暴露……观者一点想象力都没有，非常乏味。而你，你是一块璞玉。"

我既好气又好笑："说来说去，不过是把我当作一块可由你大力发挥的画布。"

他微笑不语。

忽然间我尴尬起来，飞红了双颊。

自己先诧异了，脸红于我，是十年前都未曾发生过的事了，这不属于我的生理现象。

我用手托着面孔，只觉得热辣辣的，自知神色古怪。

他笑眯眯地凝视我。

"干吗？"我抢白他。

"欣赏我发掘的璞玉。"他声音也带些羞涩。

我大口喝啤酒，将一小盘菠菜面吃得精光。

"你这样吃法，一下子就胖了。"他警告我。

"什么，肥？"我笑，"那敢情好，你得到的是一块肥胖的璞玉。"

"如今的女人很少敢往身上添肉，你是例外。"

我放下刀叉："咄！越说越离谱，你算是哪门子的专家呢？"

"别忘记我专在女人堆中打滚，我是裁缝。"

"啊？"真正地意外。

"裁缝。"他声音中有一丝幽默与自嘲，"虽然现代人给我的职业一个漂亮的名称，叫我时装设计师，但实际上我是裁缝，不是吗？"

我连忙说："那会计师是什么？不外是账房先生。"

他哈哈笑起来:"账房小姐。"

"人肯给你一个漂亮的名目,你就接受,何必苦苦追究真相,说穿了,哪里有什么好听的话。"

他听完这话,沉吟许久,不响。

我这才觉得自己说过火了,怎么动不动搬人生大道理出来,连忙说道:"晚了,要走啦。"

"我送你回去。"

"好。"

那天回到家里,我真觉得自己找到一个谈得来的朋友。

生活正常了,牢骚少许多。

母亲问:"不再想搬出去?"

父亲不以为然:"好不容易她不提了,你又来提醒她。"

姬娜埋怨:"在不毛之地做工都那么有劲,真服你。"

"中环都被你们天之娇女霸占去,我不如往土瓜湾跑。"

"你打算一件衣服走天涯?"姬娜说。

"不必再买新的,"我说,"买了也不会穿,懒得换花样。"

"现在不流行嬉皮士了。"她瞪大眼睛。

"你诬毁我。"我诅咒她,"你说我脏?我可是天天洗头沐浴呢，极其注意个人卫生。"

"那你想做什么？"

"做我自己。"

"你现在有男朋友，总得打扮一下吧。"她不服。

"男朋友？谁？"

"啊，当然，不必买衣服，"她挤眉弄眼，"还怕没人把最时尚的衣服送上门来？"

我这才省悟过来她指的是什么人，只笑不语。

事情不是她想的那样，事实上我与左之间有点似兄弟姐妹。

大城市内的男女关系一向快如闪电，来无影去无踪，反而是友情来得长久。

此刻我需要朋友多过需要情人。

而情人，真是要多少有多少。

"很高兴你终于可以从头开始。"姬娜说。

她这么一说又提醒了我。

我口中不语，手却转动另一只手上戴着的护腕。

"多多享受。"

我抬头看姬娜："在这座城市里，是否每人都知道每个人的事？”

"你害怕？"姬娜问，"那已是多年前的事了。"

我低头："我并不怕，我只觉得累。"

她担心："那还不如不回来的好，我以为你早忘记了，别人不忘记不要紧，最要紧的是你自己忘记。"

"谁说不是？"我说，"我也以为可以忘记。"

"有什么风声？"姬娜问。

"那日，我仿佛看见他了。"

姬娜笑："人海茫茫，哪里有这么巧？"

"真的，"我苍白地说，"我吓得跟什么似的，如惊弓之鸟，一朝被蛇咬，终身怕绳索。"

姬娜不便发表意见，静静地听。

"我的反应如此强烈，才吓怕自己。"我说。

"已七年了，七年跟一个世纪没有分别。"姬娜挥舞着双手，"你还有伤痕？"

我深深吐出一口气。

姬娜同情地看着我："难道还要第二次出走？"

"这次回来，是因为父母，叫他们一趟趟往外国跑，真不忍心，决意陪他们一段日子。"我用手捧着头，"我已够令他们羞愧了。"

"听你的话，像是犯过什么弥天大罪似的，"姬娜的笑容也勉强起来，"快别说下去了。"

"嗯。"我点点头。

"左文思这个人怎么样？"

"他很有艺术家气质，与他很谈得来。说起时装，他可以滔滔不绝，说到别的就带三分羞涩，这样的男人，应该配纯洁的女子。"

姬娜做掩口葫芦："啊嘿，你几时学得文艺腔？你听过所多玛与蛾摩拉的故事？那两个城里找不出一个义人，在这城里什么地方去找纯洁的人？"

母亲探头进来："两个人叽叽咕咕说什么呢？"

我吓得跳起来，姬娜更加笑不可抑。

我心茫然，就像我俩念中学时，两个人关在房内上天入地无所不谈，直至天亮，直至母亲前来干涉为止。

姬娜与以前一样，而我却永远不能恢复成那时候的自己。

姬娜稍后就走了。

我一个人坐在房内。

时光大幅大幅地跳跃回去，也是一个这样的秋季，刚毕业，做了新旗袍穿身上充大人，一日自外头回来，看见书房内有人——

"韵儿，"母亲在现实世界里叫，"出来吃饭。"

我这才发觉自己出了一额头的冷汗，连忙用手拂掉。

是他。

他难以置信地朝我看："你？"他说，"你是小韵？啊哈，真不相信你是小韵，看着你出生，一团粉红色的肉，真想不认老也不行了。"

妈妈推门进来："韵儿，怎么叫你不应？"

"来了，"我回过神来，"来了。"

饭后陪父母看电视，思潮再也没有游荡。

第二日照常上班，比往日更苍白，没有人看见的时候，我嘴角永远下垂。

谁独自流落在荒岛上还会傻笑？笑是笑给别人看的。

过了十八岁，谁还会为一朵云、一阵风、一枝玫瑰、一句絮语而笑？

都是牙膏筒里的假笑，适当的时候挤一些出来用。

牢骚同笑脸一样，时不时要发一发，否则别人以为阁下对生活太满意，未免沦为老土，故此千万记得要抱怨数句。

只有叹息声不由控制，一下子泄露心中之意。

小老板见我进门，便说："左文思找过你。"

"找我做什么？"我问，"电话是你听的？"

"他约你吃饭。"他说，"你马上去，这也是公事，我希望他能帮我设计。"

什么？天将降大任于我？

"不不，我一点把握也没有——"

"韵娜，你也太老实了，谁对什么有把握呢，谈生意谈生意，可见谈谈就成功了，谁要你担保？"

"台子上一大堆工作要做。"我没好气。

"那么做完马上去。"

"你怎么同他聊起来的？"

"我们本来是认识的。"

"我同他提一提。"我说。

"表情要迫切点。"

我只好笑。

老式的办公室有老式的好处，鸡犬相闻，不愁寂寞，但要专心写一点东西的话，真要有点定力才行。

我咬着笔，正想写一篇预算。

那边尹姑娘接了个电话，明显是男友打来的，马上用手支着腮，娇不胜力："嗯，不知道……你说呢？"

我也接过这样的电话。我的思潮飞出去老远。

"小韵？听说你喜欢吃大闸蟹，并喝百乐廷作陪。少女不应有老太太的口味，不过我订了十只最大的肥蟹，今晚出来如何？滕伯母？她在巴黎购置新装，每次都要亲自去，因有一家店开着，当然不赚钱，不过有个去处给她过日子。喂，到底出来不出来？"

我暗自出神。

"王小姐二号线。"外边叫。

"啊。"我连忙接电话。

"我是左文思。"

"是，"我问，"怎么样？"

"今天出来拍照。小杨都准备好了。"

"我在上班。"我提醒他，"而且上次说好星期天的。"

"下班后？"

"累得眼袋发黑，有什么好拍的。"

"不要紧，憔悴有憔悴之美。"

我从来没美过。

"已经答应我，你可不能出尔反尔。"

他真有办法。

"我可以早一小时下班，不过，你要答应曹小开，替他设计运动服。"我说。

"这曹某真不死心，好，我替你想想。"左文思说。

"真的？那我三点可以出来。"

他说："只此一次，下不为例。"

我松一口气，但愿下次左不要叫我拍照。我并不美，而且根本不上相。

就算准时赴约，他也永远说他已等了很久。

"谁相信？"我说道。

"你瞧这胡子，"他指指下巴，"都是等你的时候长出来的。"

他一向会说话。

那是著名的。

我下楼去见左文思的时候，他倒真的已经等了很久。

三点钟我接了一个电话，说公事说足二十分钟，再收拾一下，共花掉半小时。

但他什么都不说，只是双手插在袋中，微笑地看着我。

真叫人心软。

天还是灰暗，下毛毛雨，混着工业区飘浮着的煤灰，脏得离奇。

不过他的姿势一点也不像站在小贩摆摊与工友出入的地方，他像站在初春的巴黎，在狄拉贝路的咖啡店外。

他说："你看上去很好。"

"我今天穿了新衣。"

"漂亮的裙子。拉尔夫·劳伦？"左文思说。

"是。"我说，"姬娜借给我的。"

"你应该穿我设计的衣服。我们走吧。"他拨一拨我的头发，"头发若留得长些更好。"

"男人总喜欢女人留长头发，一种原始、毫无意识的喜爱，因为长发牵绊，不利于女人，使女人看上去柔弱，他们高兴。"

左文思深深看我一眼："你太敏感，且疑心太重。"

我知道。

以前我不是这样的。

我问："你也设计运动装吗？"

左文思说："并不，所以拒绝，曹氏接的都是运动衣订单。"

"愿意帮忙吗？"我问。

"在公事上，我并不是一个可爱的人，"左文思说，"我相当精明，不易相处。"

"私底下呢？"

"你那么聪明，相信已看穿了我的真面目。"他低着头说。

许久之前，我喜欢观察人的心意，但现在，人家说什么，我愿意听什么。

我并没有看穿左文思的真面目。我不再有兴趣。

我说："我只知道你喜欢我，认为我够资格为你的时装充当模特。"

他转头看我一眼，微笑。

小杨的摄影室陈设很专业，看得出下足了本钱，这年头做生意讲装潢。

他有化妆师，把我头发往脑后一勒，开始替我画大花脸。

画完之后，我一看镜子，吓一跳。

像等待毒品救急的瘾君子。

我问："眼窝真要如此深，嘴唇要这么浅？"

他们把我头发通通束起，移向一旁，然后使马尾巴开花，像喷泉似的洒开。

左文思问："如何？"

"像一个用破了的稻草人。"我说。

大伙儿大笑。

我穿上左文思的精心杰作，最喜欢一件黑色细吊带的绸衣，吊带只绳子般细，随时会断开似的，非常令人担心，于是设计已达到目的。

摄影师为我拍照。

一致通过我有最好看的脚趾，小小一只只，犹如孩子，不像一些人，穿高跟鞋穿坏脚，大脚趾特别弯曲粗壮。故此叫我赤脚。

才拍三件衣服，我已嚷累，不肯再往下拍。

我还以为一小时可以拍妥，这样下去，难保不到天亮，我已经在这影楼里耗了三个半钟头。

左文思说："你现在知道模特不好做？"

我咕哝："会计师亦不好做。"

正在这个时候，摄影助手说："淑东小姐来了。"

我一抬头，看到一个年近四十的中年女子浅笑着进来。

我有点意外。

这种时间走上来，且人人认识她，不见得是客人。

那么是谁？

只见她头发剪了最时尚的式样，穿着宽袍大袖的衣服，与她的年龄不甚配，但看上去并不觉太不顺眼，面孔保养得很好，但毕竟是四十岁了。

她是个很优雅的女人，看得出生长环境极佳，身上佩戴都极尽考究之能事，一只小小的鳄鱼皮手袋，最斯文的狼皮鞋，左手无名指上戴一枚大钻戒，手表是时兴那种古画样式的，密密麻麻嵌着宝石。

谁？

左文思的秘密情人？

我暗暗留意文思的表情。

他不甚愉快，淡淡地跟她说："你怎么来了？"并没有欢迎的意思。

我深觉诧异，她是谁？

我尽量不把那个"谁"字露在面孔上。

"我路过，在楼下碰见小杨的秘书，她说你们在这里工作，我猜想你们或许会肚子饿，带了些点心上来。"她十分温柔地说。

左文思仍然是那种口气："我们没空吃。"

这个人是谁呢?

左文思是个极其温柔礼让的人，我不能想象他会对任何人这么不客气与这么冷淡。

况且这个人又这么温顺、低声下气地待他。

我有点看不过眼。后来一想，关我什么事? 每个人都有他的秘密，每个人都有他的心事。

我别转面孔，乘机到更衣室去换衣服。

到穿回我旧时衣服的时候，那位女客已经走了。

可怜的女人。

小杨低声说："你不该这么对她。"

左文思不出声。

"她实在关心你。"小杨说道。

"别理我。"

"文思，你也要想想，你有今日，还不是她给你的。"

左文思刚想说话，见到我出来，便住了嘴。

事情很明白了。苦学生在他的行业中要爬起来占一席位置，没有人提拔一把是不行的，于是这位女士慷慨地运用了她的权力。而左文思得到他想要的，也付出了代价。

事后，事后总是一样的。

他认为他不再需要她，而她也再留不住他的心。

真可悲，这种老套的故事不时地发生，而当事人乐此不疲，欲仙欲死地乐在其中。

没想到清秀的左文思也是其中一名。

我说："改天再需要我的话，你知道该在什么地方找到我。"

左文思说道："签一签这份简单的合约再走，每小时你可以得到一百五十元的酬劳。"

"大买卖。"我笑说。

小杨说："别忘记，走红之后，另当别论，人总得有个开始。"

左文思面色甚坏，适才的兴高采烈全数为那女人扫走，他颓丧得眼皮都抬不起来。

小杨当然也看出来，他说："来，韵娜，我送你。"

"我不用人送。"我扬扬手,"各位再见。"

小杨拉住我:"胡说,来,我同你一起走。"

他替我穿上大衣。

下楼时我看了左文思一眼,他如遭雷击似的,幻化成石像,一动不动地坐在那里。

小杨说:"他非常情绪化。你同他不熟,没有看过他发脾气吧?吓死人。工厂有一批衣服做得不理想,被他逐件推到电剪下去剪得粉碎,红着眼,疯子一样。"

"他们艺术家是这样的。"我说。

"文思可不承认他是艺术家。"

我说:"左文思说他只是小生意人。"

小杨说:"你很清楚他。"

他并没有提到那个女人是谁。

我也没有问。

不是我欠缺好奇心,而是我与左文思不熟,犯不着追究他的事。

在如今,投资感情比以前更不容易,还是自己守着有限的资产好一点。

谁没有阴暗的一面?要相信一个人会忘记过去是很困

难的事，左文思不能，我亦不能。没有人能够。

看到他这一幕，并没有令我对他改观，我们只是朋友，友情是不论过去的。

小杨说："韵娜，我在此地替你叫车子。"

"好。"

我上街车，与他挥手道别。

左文思许久没有再打电话来。

我只在报上看到他的消息：某专栏作家在教导读者吃喝穿之余，批评左文思傲气十足，不肯接受访问。

某名流太太说：她想也不会想穿本港制的服装，除非是左文思的设计。

在这一段时间内，我仍然穿着姬娜的施舍品。

姬娜问："你与左文思之间没有了？没听说他同你在一起。"

他被我知道了秘密，不高兴再与我做朋友了。

"你怎么不把他抓牢？"姬娜抱怨，"看得出他那么喜欢你。"

"抓？怎么抓？你同我一样是不知手段为何物的女人，"我笑，"最多是有人向我们求婚的时候，看看合不合适。"

"把自己说得那么老实?"姬娜慧黠地笑。

"现在流行充老实嘛。"我只好笑,"老实与纯洁。"

他曾经同我说:"你是个最最聪明与最最笨的女人,聪明在什么都知道,笨在什么都要说出来。心里藏少量的奸也不打紧,你记住了。"

当时我嚷着说:"我要去见她!我要告诉她!"

他冷冷地说:"你以为她不知道我们之间的事?"

我弯起嘴角也嘲讽地笑,真是的,可怜我年少不更事,被玩弄在股掌之上。

人总是慢慢学乖,逐步建造起铜墙铁壁保护自己。

那日下班,看到左文思在楼下等我,腋下夹着一大堆文件样的东西。

他的微笑是疲乏的,身子靠在灯柱上,像是等了很久。

我迎上去:"你怎么如神龙见首不见尾,神出鬼没。"声音中不是没有思念之情的。

他忽然握住我的手:"韵娜,我们都是感情丰富的人,为什么要努力压抑着不表露出来?"

我不响。叫我如何回答他。

我们并排走着。

路过臭豆腐档，我摸出角子买两块，涂满红辣酱，穿在竹枝上，我大嚼。

他不出声，看着我那么做。

我把竹串递过去，他就着我手，咬了两口，随即掏出雪白的手帕替我抹嘴角的辣酱，麻纱手帕上顿时染红一片油渍。

我感动了，犯了旧病，说道："我有不祥之兆，我们两个人之中必有一人遭到伤害，甚或两败俱伤。"

他说："可是我们还是遇上了。"

"每天有上十万的男女相遇。"

"你心中没有异样的感觉？"

"没有。"

"你如果不是很幸运，就是骗我。我心为你震荡，你知道那种感觉？"

我知道，多年以前，为了另一个不值得的人。

一颗心胀鼓鼓地荡来荡去，不安其位，又充满激奋，把遭遇告诉每一个人。

多年以前。

左文思说下去："我也以为是误会，静了这几日，发觉已成事实，我今天来说我……"他看着我，说不出口。

我促狭地微笑："比想象中难说吧？"

左文思叹口气："他们说每个人命中都有克星。"

我不再说下去。"你打算如何？"我笑。

"你会不会接受我的要求？"左文思说。

"文思，别开玩笑了。"我拒绝。

"连我都可以鼓起勇气，你又有什么问题？"

我不出声。

"不外是过去一段不如意的事令你有了戒心。"

我一震，别转面孔。

"你自以为掩饰得很好，其实谁都看得出来。你放心，过去是过去，我绝不会问你，你左手护腕下遮盖的是什么。"

说得再明白没有，亦是叫我不要问那优雅标致的中年女人是何方神圣。

过去的一笔勾销，真的可以吗？

我说："让我想一想。"我转头就走。

"你不要看看你的照片？"

"有什么好看？"我说，"对着镜子不就可以看个够？"

"那当初为什么接受拍照的邀请。"

"因为你，"我坦白，"你使我觉得不可抗拒。"

"这么说来，你不讨厌我？"他苦苦追究。

这便是痛苦的源泉。

倒霉的左文思，本来他是自由自在、快快乐乐的一个人，爱发脾气便发个够，孤傲任性，也可以美其名曰为独特的气质。但如今他跑来土瓜湾一座工厂大厦等一个不敢与任何人发生感情的女人。

他今年运气不佳。

"不，我很喜欢你，"我说，"我觉得人同人的关系应适可而止。"

"你怕？"

"是，"我说，"怕得要死。"

他笑了。

他拉着我，我们在拥挤街道上肩并肩走路，人群把我们逼为情侣。

我也不知道要跟他走到什么地方，但觉得身边有个人，而那个人又那么喜欢我，真有踏实的安全感。

我双眼润湿，鼻子几乎红起来。

他叫我上一辆小小跑车，挤在一起坐。这辆跑车像只小动物，呼着气喘息着，载着我们向前开去。

我们来到近郊，他住在三层楼那种房子的顶楼，带我上去，开了锁，房子很普通，并没有像室内装修杂志上的样板住宅，但很舒服。

"怎么？"我问，"没有镀金水龙头吗？"

"你不要再淘气或是故作诙谐，在我面前，没有这样的必要。"

听他这样说，我只好安静下来。

他这间公寓最独特之处，便是书房的半扇屋顶是玻璃天窗，室内温暖如春，我坐观星象。

墨蓝的天空上洒满银星星，像天文馆中所见的一样。

好地方，毫无疑问。

我们两个人都非常拘谨，不知如何开始。

应当先吃吃饭？抑或听听音乐？

还是什么都不必理会，先拥抱接吻？

我们犹如那种穿着校服的小情人，一派无知。

我看着文思，文思看着我，面面相觑，我忽然笑了。

我说："男女独处一室，也不一定要睡觉。"

"可是现在如果不建议睡觉，仿佛嫌对方不够有吸引力似的。"他也笑。

我更加合不拢嘴："而且不睡觉，跑上来干什么呢？"

文思摇头："真是现代人的悲剧。"

我把头埋在臂弯内，笑得透不过气来。

多少次，为了似乎应当这么做，或是人人都是这么做，便也急急地做。

"听听音乐吧，我有些非常轻及不费神的音乐。"他开了音响设备。

"有无吃的东西？"我说。

"你是我所认识的女人中，最爱吃的。"左文思用手点点我的鼻子。

我皱皱鼻子。

"我给你看我帮你设计的衣服。"

"我，抑或是曹氏？"

"你，谁关心曹氏？"他笑道。

"单为我一人？"

"是的。"

我忍不住跟他进房间："女人，女人就是这样走进男人的房间的。"

那是工作间，挂着许多衣服，色彩缤纷。

"为我做的？"我不置信。

"为你做的。"他轻轻地说。

全部用柔软的猄皮，全是不切实际的颜色：浅紫、浅灰、粉红、嫩黄。

"这是我生平第一次采用黑白以外的颜色。"

"但……猄皮。"我轻轻抚摸着。

"是，我喜欢这料子，"他兴奋地说，"你看，多么美，然而最不经穿，一下子便脏了。觉不觉得悲凉？"

我不出声。为我，真是的，为了什么？为什么？

"穿来看看。"

我忍不住去换上一件，那件小小黑色的背心上布满星状的小水钻，紫色的大裙子，皮质轻柔得似布料般，加上垫着肩的窄腰小外套，标致得难以置信。

款式并不算挺新式，但组合得非常浪漫，令我感觉如公主。

文思说："这是给你穿的，不是去参展的。"

"脏了怎么办？"我彷徨地问。

"脏就是脏，当它是粗布裤穿。"

"太任性了。"

"时装根本是任性的。"文思微笑，"你想想，汽车才四万块钱一辆，可是一件好一点的休斯顿呢大衣往往也要这个价钱。公寓三十万一间，芬迪皮大衣也一样，有什么好说呢？"

"我买下它们，我实在不舍得脱掉。"

"这里还有其他的款式，还配了毛衣围巾之类的，全是平日上班可以穿着的。"他说，"还有这一件，这一件是陪我吃饭时穿的。"

我笑，心头发涩，鼻子一阵酸，人怔怔地坐下。

隔半晌又说："我买下它们。"

"非卖品，况且，"他傲然地说，"你买不起。"

"嘿。"我只好苦笑。

"一共七套，够你日常穿着。"

"谢谢你。"

"一声谢就够了？"他凑向前来，"这些日子来，我为你绞尽脑汁，此刻还有人拿着我设计的样子在替你赶制手织毛衣。"

"你要我怎么办？"我假装吃惊地退后一步，"以身相许？"我用手交叉护着胸前，虚伪地以弱女子的口吻说："我……是纯洁的。"

"你这个人。"他哈哈大笑，随即又皱眉头，"现在女人太流行以身相许，不算一回事。不不，我要求不只这样。"

"别贪心，"我一本正经地说，"得到肉体就算了，不可盛气凌人。"

他递过来一杯白酒，我们笑也笑得累了，于是一饮而尽。

"我还是谢谢你。"

这时猛然一抬头，才发现他把我的照片，全镶了框，挂在墙上，置案头上，压在玻璃板下……无处不在。

而在照片中，我有一双冷冷的眼睛，难以置信地望着整个世界，嘴角的笑意却是诚恳的。

这是为什么呢？为什么？

我的嘴唇略微哆嗦了一下。

"你终于看到了，"文思轻声说，"这些照片已经往纽约去了。"

我不敢抬起头来。

霎时间我变得万分金贵，因为被爱的女人永远是金贵的。

要我如何报答他呢？我只有身体，我没有心。许久许久之前，我的胸膛已经空荡荡，成为空心菜。

我们俩默默坐在小屋中，不发一言。

我摸着裙子，在它上面划暗纹。

与男人独处一室，毫不讳言，经验丰富。相信文思也是身经百战的人物。但今夜我真是发昏，他也大失水准。

相对无言，心头有种酸涩的感觉。

不谈过去是不可能的，过去亦是我生命的一部分，倘若他问"是什么令你踌躇"或是"那次的伤痕真的那么深"，我还不是要向他交代，而我最恨解释。

他并没有问，所以两个人一直维持沉默，面前似有一面无形的墙壁阻住。

开到荼蘼

叁·

每当心情波动，
最好寄情于一本熟悉而精彩的小说，
不用费许多神而可以将心思暂寄。

门铃在这个时候响起来。

响得真不是时候，文思并不打算去开门，他没有站起来，这人当然不会是来找我的，所以我亦不关心。

门铃连续响几声，我无法装没听见，向他看去，他无法没有表示。

但在他刚站起来的时候，大门处窸窸窣窣响起来，分明按铃的人持有钥匙在开门进来。

可怕，这会是谁?

谁会把门匙交给另外一个人?

门开时我与文思同时怔住。

进来的是那位淑东小姐。

她换了衣服，穿着黑色的窄身裙子，黑色丝袜与高跟鞋，整个人包在黑色之中，有她的一股哀艳与神秘，面孔仍然细致地浓妆着。

三个人面面相觑，最尴尬的自然是我。

淑东小姐张大嘴，她向文思说："我，我以为你不在。"

文思恼恨，额角的青筋都露出来："既然以为我不在，你还开门进来干什么？你为什么不给我一点自由？"他握紧拳头，神情可怖。

"我……"淑东退后一步。

我抓起手袋说："我要走了。"

夹在这两个人当中，什么好处都没有，迟早不知左颊还是右颊要挨一巴掌的了，避之则吉。

我匆匆走过去，文思一把拉住我："不许走，韵娜，你不许走。"

我拍拍他的手："镇静点，左文思，请你控制你自己，我不方便留下来。"

"那么我走。"淑东说。

"你，你破坏一切，然后一走了之。"文思指着她骂。

"我——"淑东泪如雨下，"我什么都为你，文思，我这一生都是为了你。"

上演苦情戏了，我何苦在这里充大配角，立刻夺门而逃。

左文思一直在我背后追上来，叫着"韵娜，韵娜"。

我如百米赛跑似的，逃得如丧家之犬。

最怕这一招。

到街上招来辆街车，立刻跳上去回家。

妈妈见我气喘吁吁，奇怪地问："怎么搞的，出去时跟回来时穿不一样的衣服。"

我这才发觉身上还穿着左文思那套猄皮衣服，连忙进房脱下来挂起。

脑海中思潮翻滚，过很久才熟睡。

左文思的电话并没有追踪而至，谢谢上帝。

第二日我去上班，小老板追着我要左文思的设计，我向他大吼"我没有法子"。

刚在叫，就有人送设计图样上来，正是曹氏制衣要的图样。

小老板眉开眼笑地接了去，说："你太有法子了，韵娜。"

我用手托住头，没有表示。

左文思这样讨好我，分明要与我继续来往。

我背后有大段牵丝攀藤的过去，他又与淑东小姐纠缠不清，两个人都不明不白，碰在一起，犹如一堆乱线，我没有精力理出线头。

现在最不需要的，就是这种关系。

小老板手舞足蹈，兴奋得跳来跳去，我一边工作一边发呆。中午时分我走到楼下去看左文思是否在那根熟悉的灯柱下等，张望半晌，不见他。

我把双手插在口袋中。其实心里是巴不得他不要来。既然想他不来，为什么又会下楼找他？找不到他，怎么又有失望？我很怅惘。

见到他，至少可以把话说清楚。

我低头默默往回走，猛不觉横街有个人踏过来，我险些撞在他怀里，不怪自己冒失，倒恼他不长眼，我皱着眉头，坏脾气地抬起头来，想好好瞪他一眼。

谁知视线落在他面孔上，整个人如被点了穴道似的，动弹不得。

"韵娜。"

他的声音很温柔，但听在我耳朵里，却如针刺，发出刺痛，我脑门嗡嗡作响，看着他，不知回答他还是不回答他。

我的双手仍然在口袋中，蜷缩成拳头。

是他。

终究叫我遇见他了。

"为什么这样看着我？"他微笑问，"像不认识我的模样。韵娜，你越来越漂亮了，我老远就认出你了。"

我听见自己的声音很冷淡地答："当然我认识你，你是滕海圻。"完全不是七年来练习的句子。

"你回来了？多久之前的事？怎么不同我联络？"他亲热地说，"而且怎么到这种地区来？"

"我在此地上班。"我的声音一点感情都没有。

"是吗，太好了，我现在有家厂在此地，闲时可以一起吃午饭，你说如何？"

"再联络吧，"我说，"此刻我有事要办，再见。"

我别转身就走，一步一步很快很平稳地走，只有自己知道全身开始颤抖，抖得像秋风中的黄叶。

到办公室时眼前金星乱冒，支撑不住，在刚才那五分钟内，我用尽了全身的精力。

我挣扎到座位上，一坐下就动弹不得，面孔搁在手臂上，胸中空灵，三魂七魄悠悠然不知在何处。

七年了。我同自己说：王韵娜，拿些胆色出来，还怕什么？噩梦全过去了。

刚才表现得真好，一丝不差，是该那样，要对自己有信心，这魔鬼还能怎么样？

我的喉咙咯咯作响，总算把痰咽下去。

"韵娜，一号线，左先生找你。"

我拿起话筒："文思，请快来接我，我不舒服，想出来喝杯茶。"我急欲抓住一根救命稻草，代价在所不计。

左文思很快到达我们写字楼。

他得到上宾的待遇，小老板把他当恩客。

一个人有本事便是最大的财富，这回我相信了。

好不容易把曹老板打发掉，我俩单独相处。

隔了很久，我定下神来，文思也恢复自然。

他开口："我一向不爱解释，可是有一件事，我不能不说。"

我抢先道："可以不说就不要对我说。第一，我口疏，难保不传出去。第二，诉苦的是你，将来又怪我攻心计，套别人心中话去做渲染。"

他一怔："你也太小心了。"

"吃一次亏学一次乖，不由得不小心起来。"我微笑。

他固执地说："这话你一定要听。"

"说吧。"

"淑东是我的——"

"表姐。"我熟练地替他接上去。

他扬一扬眉："咦……"

"如不是表姐，那么是表姨。"

"韵娜你……"

"如不是表姨，那么是合伙人。"

他忽然笑，用手指擦鼻子，他是有这个习惯性的小动作的，只在心情好的时候才这么做。这时候他心情怎么好得起来？

轮到我惊奇："那么是谁？"

"她是我同父同母的大姐，她叫左淑东。"

"开玩笑。"

"是真的。任何人都可以告诉你是真的，小杨、曹老板……"

"真的？"我张大嘴，笑出来，"你这样子对待你大姐？

你找死？"

文思面孔上闪出一丝抑郁，"我与她不和已有一段日子了。"

我不出声，但心中不知不觉放下一块大石。

"我不想多说，我只是怕你误会她是我的情人，我们两个人的态度的确有点暧昧。"

我说："如果不是太大的分歧，姐弟俩，有什么解决不了的事？"

他有难言之隐，面孔微微转向另一边。

己所不欲，勿施于人，我立刻说："真没想到，是我一脑子脏思想，我几乎因怕麻烦而失去一个朋友。"

他马上露出笑容："所以，我知道你最没胆子，最容易退缩，所以我非说不可。"

"谢谢你向我解释。"我由衷地说。

"韵娜，我已把全部精力用在你身上。对我来说，追求异性乃是一生一次的大事，我并没有力气从头再来，请你体谅这个。"他嘴角有一丝调皮。

我摇头微笑："何须费神，相信有女子会追上门来。"

他笑，站起来说："我有一个约会要去一次，五点钟来接你。"

"文思,"我说,"下班我要回家吃饭。"

"你与父母同住?"

"正是。"我说,"怎么,你怕?不想来?"

他一怔:"我没有心理准备。"

我解嘲地想:新朋友就是这点烦恼,互相试探着,错了一着,忙不迭往回缩,又得进行别的花样。太勇了,对方吓一跳;太过保守,对方又觉得没反应。

而我与文思两个人尤其难,太过敏感。

真的,理想的伴侣要补足对方的缺点,而不是互犯一个缺点。

我立刻觉得也许要适可而止。

需要大力鼓励的感情绝不是真感情,我们将长远留在朋友阶段。因为文思并没有热烈反应,我立刻觉得自己过了火候,后悔不已。

当日姬娜来找我,拼命安慰我。

"你要求太高,一般人有这样的男朋友,已经很高兴。况且她只是他的姐姐,又不妨碍什么,很多人兄弟姐妹形同虚设,老死不相往来。"

我说："我与他之间，没有男女应有的磁场。"

"你瞧你，又来了。"姬娜笑，"啧啧啧，二十六岁，含蓄点好。"

"我非常喜欢他，但这是有分别的。"我说。

"走走吧，走走总不坏，"姬娜说，"你还有资格暂时不论婚嫁。"

我苍白地笑："还有，我终于见到他了。"

姬娜静默了一会儿，然后问："滕海圻？"

我点点头。

她压低声音："怎么，在哪里碰到的？"

"街上。"

"你表现如何？有没有失措？"她急急地问。

"没有。"

"他态度如何？有没有凶神恶煞般模样？"姬娜很紧张。

"他？他凭什么凶？"

"韵娜，到底是你——"

这时候母亲推门进来，姬娜立刻住嘴，我们两个人过分警惕地看着母亲。

"你们两个人，嘀嘀咕咕在说什么？"妈妈问，"永远像小孩子。"

我不理她，往床上一躺，面孔朝里，用枕头压住面孔。

"韵娜，有人找你——"

我抢着说："我不听电话。"

"不是电话，人已经上门了，在客厅等着呢，你约了人家来吃饭也不同我说一声，现在只好叫客人扒白饭。"母亲声音带无限喜悦。

我掀掉枕头霍地坐起来："左文思。"好不诧异。

"是的，是左先生。"母亲笑，"快出来招呼客人。"她转头走了出去。

我与姬娜面面相觑，真没有想到左文思会神出鬼没。

我定下神来，掠掠头发，收拾起情绪，"来，"我跟姬娜说，"我们去欢迎左文思。"

文思永远彬彬有礼，一见到我们，立刻站起来，很热烈地说："美丽的姬娜也在？我早应当猜到，你们是表姐妹。"一边腾出身边的空位让座。

母亲眉开眼笑地说："左先生买了那么多水果来，一个月都吃不完。"

我与姬娜向母亲指的方向看去，见玻璃几上堆着梨子、苹果、蜜瓜、葡萄，真的，吃一个月都吃不掉。

我心情再沉重都笑出来："这是干什么？开店？多来几次，咱们吃用不愁。"

文思也笑，到底是个有事业的人，私底下再腼腆，一见到人，还是落落大方，左看右看，都是个拿得出来的好青年，难怪母亲要开心。

姬娜很有交际手腕，立刻坐下与文思倾谈，说及他厂里的事，好叫母亲听着，有些分数。

我便帮着菲佣开饭，幸而父亲今日不在家，少两只眼睛盯住文思看。我真不知什么地方来的勇气邀请他来，又不知他哪儿来的勇气，居然赴约，不过心里却有种满足感。

趁母亲不在意，我问他："不是说没心理准备吗？"

他想一想说："这次不来，恐怕以后就没机会了。你已经先走一步，我不跟上来，太没意思了。"

文思对拉杂成军的菜式，赞不绝口。家里很少这么热闹，"姬娜牌"话匣子里出来的话题又新鲜又好笑，闹哄哄的，恐怕妈妈很久没有享受过这样的气氛了。

文思八点多告辞，又去忙工作了。

母亲等他一出门，坐下来便夸奖他："真是斯文有礼，而且长得也好，还有自己事业，韵娜，有这样好的朋友，为何不告诉我？"

姬娜抿着嘴笑。

我说："不是第一时间告诉你了吗？"

母亲咕哝地说道："姬娜也是，这等事也不向我通风报信。"

我警告她："别太紧张，是普通朋友。"

母亲像是故意不要听见："我只有你一个女儿，当然全心全意在你身上，将来结了婚生孩子，我代你照顾。文思有没有兄弟姐妹？他家长爱不爱小孩？依我看，有条件的话，多生几个也不妨，节育节育，这一代的人都爱叫节育，其实孩子才好玩呢……"她兴奋得团团转。

开头我与姬娜都莞尔，后来觉得母亲的快活中有太多凄凉的意味。

大概是真的寂寞了，不然不会渴望抱外孙。还有一个可能，她大概也以为女儿这一生与正常家庭生活是无缘了，此刻忽然冒出一丝新希望来叫她看到，立即乐得手足无措。

我黯然。

姬娜伸长手臂打个哈欠，接着她也告辞了。

母亲缠着我问东问西，我一概都推"不知道"。

她说："赶明儿我得到文思店里去做件衣服。"

"他的店不做你那种尺码的。"我扫她的兴。

"胡说，我是他的什么人？他现裁也得为我缝一件。"

我想象母亲穿上"云之裳"衣服的模样，不禁疲倦地笑了。

每日身体碰到床总奇怪怎么会睡得着，结果还是堕入梦乡。我联想到有一日死神降临，一定也使我疲倦不堪，身不由己地闭上眼睛，跟着他走。

第二日中午我没有外出，在办公室内吃盒饭，利用多余的午餐时间来查看电话簿。

这一区的小型工厂并不很多，我在找有关联的名称：有两家滕氏，一家做五金，另一家做纸业，打电话去试探过，老板都不是滕海圻。

莫非他对我撒谎？又似乎没有必要。

我必须要知道他的来龙去脉，我得保护自己，不能老站在暗地里等他来摆布我。

我再查海字……海威、海乐、海美、海光、海耀，手都翻倦了，打到海东的时候，那边的女秘书说："哪一位找滕先生？"我一时没料到会顺利找到线索，呆了一呆。

"喂，喂？"她追问，"哪一位找滕先生？"

"哦，"我连忙说，"我们是宇宙文仪公司，现在特价八折。"

"我们不打算置什么。"她回绝。

我立刻放弃："我下次再打来。"

黄页上注明，海东做的是进口皮货。

皮货，他做起皮货来了。什么货色？箱子手袋？抑或是毛裘？

曹老板走过来见到我怔怔的，马上表示关注："韵娜，我已叫人立刻把左文思的设计做几件来试穿——怎么，你不舒服？要不要回去休息？"

我回过神来："正做明年报税表呢，休息？"

"可恶的税局，人类的大敌。"他握紧拳头。

我问："曹先生，你可听说过海东皮业吗？就在这条街上，过去十个号码。"

"海东？海东？"小老板专心思索，"有，厂主姓滕，这个姓不多，所以我一直记得，"他得意扬扬，"他做很奇怪的行业，将整张皮革进口，转售店家，等于做布匹一样，对我们这一行没有影响。"

"新开的厂？"我问。

"有五六年了，"小老板疑心，"怎么，拉你跳槽？"

"不，有个朋友想到那里去做，叫我替她打听打听，我想你消息一向灵通，或许知道这位东主。"

"滕某？"小老板沉吟，"他本来并不是做这行的，他一向做建筑生意。不过人是活络的，聪明的老板自然都对伙计好，不妨替他做一年半载，吸收经验。"

我点点头。

"不过，你这位朋友若是女孩子，就得劝她当心。"曹先生神秘兮兮的。

我抬抬头。

"这位滕先生，可风流得很呢。"曹先生探身过来，静静地说。

我强作镇静："你也不过是听说而已。"

"什么！《秘闻周刊》上都写过他的故事。"

"《秘闻周刊》的记者也要吃饭，没办法，生活是大前提，只好到处搜资料来写，未必是真。"我笑得很勉强。

"后来听说他要告人，"小老板说，"终于不了了之。"

"那是你的推想。"我说，"好了，我要开工了。"

"韵娜，我想同左文思吃顿饭。"他终于纳入正题。

"他不喜交际应酬。"我代文思推却。

"什么？你已经可以做他的发言人了？"他很羡慕。

我默认。

"那么，韵娜，我想送他一份礼物，"他又说，"你说送什么好？"

"千万不要金笔金表，"我说，"曹先生，不必马上回报，也许他迟些会寄账单给你呢。"

曹先生握住自己的颈项："他会开多少设计费？"

我摇摇头。这个八面玲珑有趣的上海人。

忙到下班时，肚子饿了。我这个人，最大的毛病是爱吃街边的食物，下楼来一见粟米球，就买一个咬下去，匆匆忙忙，像个饥民。

"王小姐。"

我四周围看看，不是叫我，又低头咬粟米球。

"王小姐。"

我再次抬头，发觉一辆黑色大车停在人行道边，被热气腾腾的摊子遮去一边，一个女人正推开车门，向我招手。

我微微蹲下一点看，不由得一阵高兴，是左淑东。

我用手帕抹抹嘴，走过去："你好。"

此刻已经知道她的身份，不但同情她，更加喜欢她。

她仍然化妆鲜明，粉扑似乎刚离手。

左淑东拍拍身边的空位，我老实不客气地坐上去，簇新的车毡上马上印下我的泥足印。

"小姐，我……"

我按住她的手："你是文思的姐姐，我都晓得。"

"啊，你已经知道。"她怔怔的。

"将来我同文思熟了，我会帮你骂他，叫他对姐姐说话态度改一改。"我笑说。

司机已把车子驶离工厂区。

"没想到他终于告诉你了。"左淑东低下头。

我不出声，比起左淑东精致的修饰，我简直是个垃圾岗。但我没有不安，各人有各人的风格，在纽约七年，我养成这种自信。

"本来我不应该主动找你，但我好不容易看到文思找到这么好的朋友，怕你有什么误会而同他生疏，就是我的罪过了。"她很紧张，"我把有关证明文件都带出来了，我们确实是亲姐弟。"

"我相信，"我讶异地说，"不必看文件吧，你们俩有一模一样的鼻子及嘴唇。"左淑东怎么会有这样怪的举止？

她似松出一口气，没一刻神经又再度绷紧："请不要告诉文思，我见过你，答应我。"看样子她极怕文思。

"我答应你。"我说。

她这才放下心来。

"王小姐，你大概不明白我们之间的事吧？"

我将手按在她手上，她手是冰冷的，我温和地说："将来有机会的话，我一定会明白。"

"我没看错，你真是个好女孩子。"她非常感激。

只有罪人才肯原谅罪人。

我抬起头："前面是火车站，我在此下车比较方便。"

我与她道别。

毫无疑问，早二十多年左淑东也是个美女。女人长得好，到迟暮特别凄惶，仿佛除了留不住的美丽，一无所有，故此急急要挽回什么，尽力修饰。

女人长得不美，老来反而无所谓，倒出落得大方潇洒。在十多岁的时候，人人也都说过，王韵娜是个不可多得的标致女。

那时邻校的男生，在放学时间齐齐聚集在我校门口，只为看王韵娜一眼。

十三四岁的小女孩被吓得不知所措，坐在班里不敢出去，后来劳校长叫校役送返家去，或叫家长来接。

此刻都不相信这些事曾经发生过，此刻我是个最普通的女人，也愿意这样终老。

到十六七岁，已习惯人们的目光，其实也没有什么稀奇，每个女生都有男朋友等放学，每个青春女都有细腻皮肤、结实大腿，穿起运动装，当然惹人注目。

年轻人闪烁的眼睛、透明的嘴唇、晶莹的肤色，往往吸引中年人，令他们幻觉可以捕捉一些逝去的青春。

我吸引的是滕海圻。

十九岁，刚进大学，因为知道自己的优点，故此不肯设固定男友，每天约会不计其数，连早餐都有人请客。

虽然这样年轻，也已经有隐忧，同姬娜说："现在不玩就没时间了，过二十一岁便得忙着找对象。"于是一天之内，最多约过五个男友，单是换衣服已经忙得兵荒马乱。

那时真好，努一努嘴便有男生意乱情迷地决心为我死而后已。

我不禁失笑，瞧，没老就已经想当年了。

因此遇到滕海圻，方觉棋逢敌手，其实……他要揿死我，不过如捻死一只蚂蚁。不过当时年轻，不知道。

火车轻微摆动，我在这节奏中闭上眼沉思。

第一次看到滕，是什么日子？一直不敢回首。是秋季？是初春？

喜在天气刚刚有一点点转暖，便穿白色低领 T 恤，冒着重伤风之险做浪漫状，又喜在太阳未褪色时穿透孔毛衣及灯芯绒裤子，热得满头大汗，以示标青 [1]。小女孩也只不过有这数道板斧来突出自己的性格。

是穿白 T 恤还是毛衣时遇见滕？一定是这两个时节的打扮勾牢了他的注意力。

当时，他是父亲的新合伙人。

他已近四十，然而一双会笑的眼睛，比一切大学一年级学生还要灵活。

以前想起他，胸口会一阵闷痛，像被只无形的手扯住

---

[1] 标青：粤语，非常出众的意思。

似的。现在不会了，现在只是麻木。麻木与害怕，怕的是自己，怕自己再糟蹋自己。

火车到站，我跟着其他乘客鱼贯下车。

摇摇晃晃到家，母亲急煞。

"文思找你不下十次。"她代为焦急。

哇。我想，热烈追求，可见有点晚运。有些女人，男人给她一个电话号码让她打过去，就要喜极而泣。以此类推，我要不要放声大哭来报他知遇之恩？

电话铃又响，母亲给我一个会心眼色。

我去接听，果然又是文思。"热情如火？"我取笑他，"成年人很少靠电话传情。"

他笑，但不答话。

"干什么贼兮兮的，"我也笑，"好不肉麻。"

"我已把你那次拍的照片制成目录册。"他说。

我不知说什么才好，只"哦"一声。平日的活泼机灵俏皮轻嘴薄舌全用不上。

两个人持话筒静十分钟，像致哀似的。

过很久，他问："要不要出来散步？"

我迟疑，刚回来，又空着肚子，精力是不可比十多岁的时候了，我说："明天吧。"

他说："啊。"便挂断电话。

吃完饭，洗个热水浴，把皮肤都炙红，才钻进被子里。

我在看小说，没有听见门铃。

是爸爸来敲门："韵娜，左文思找你。"他神色暧昧。

什么？我掀起被子。

"他在客厅，你去招待他，我同你妈要睡了。"爸打哈欠。

我一怔，并不觉浪漫，这个人荒谬到极点，半夜三更跑了来，将来若要我报答他，我可吃不消。年纪大了，想法不一样，小时候专令男生吃苦以增强自信，现在晓得无论什么都得付出代价，没有免费的事，也没有偶然的事。

我抓过架子上大衣披上，走到客厅，看见左文思坐在灯下等我。

我既好气又好笑："你这是做啥？"

"我恋爱了。"他傻气地说。

"就为说这句话，明天说来不及吗？"

"明天？"他吃惊，"明天也许永远不至——汽车失事、警匪火并的流弹、心脏病、太阳黑子爆炸……这一切都足以致命，使我来不及告诉你，我爱上你。明天？不不不。"

我低下头笑。

我找到球鞋，赤脚套上，取过钥匙。

"来，我与你到楼下平台上散步，那里较为安全，"我补一句，"又没有人偷听我们说什么。"

我拉着他下楼，深夜空气冷得不得了，我紧紧拉上外套，我自己也够疯的。

"为什么避着我？"文思冷静下来。

"我没有！"我惊异，"我已经给你这样热烈的反应，噫！你期望什么？由我主动在你车子里做爱至天明？跑到太平山顶去报告全人类我中了大奖？喂喂喂，别告诉我你需要的是花痴女。"

他说："你瞒不过我，这些巧言令色瞒不过我。"

我踱到树下。

"你要我交心交身躯交出灵魂？"我迟疑地说，"我认为还是由我自己保管这三样东西的好。"

他背对着我："是为了一个男人吧。"

我说："每个女人背后都有男人，每个男人背后都有女人，这有什么稀奇？"

他仍然背对我："这是个比较特别的男人吧，你为他，在手腕上留下那样可怕的疤痕。"

我猛然低头。适才匆忙间忘记了戴护腕。

冷风钻进我的外衣，我打个寒战："够了，我要生肺炎了。"我转头要上楼。

他拉住我："慢着。"

"看，"我冷静地说，"我就是这么一个人，我不打算交心交身交灵魂，更不用说是交出历史了。"

他握住我的手，翻过来，那道疤痕足有整个手腕那么宽，两层粉红色的肉厚厚地翻开来，粗糙的缝针痕清晰可见，像是我的手掌早已断离我的手腕，随后由笨拙的缝工缝回，猛眼看，的确恐怖不堪。

我冷笑问："看清楚没有？满意没有？"

他惨痛地看着我："是谁？是什么人？他为什么造成那么大的创伤？"他声音嘶哑。

我收起手，把手插进袋中取暖，我很镇静地说："是我，是我自己。一个人若不杀伤自己，外人休想动弹。"

"你痊愈了?"

"如果没有痊愈,就不会回来。"

"那人在香港?"

我没有回答,也不打算回答。

他放弃,举起双手投降:"从没见过像你这样倔强的女人。"

我笑:"站在这里像置身于西伯利亚,放我回去好不好?"

他陪我上楼。

"我不认为今天晚上我还睡得着。"告别时他说。

我也没睡着,整夜看小说,思潮起伏。

因为《蝇王》得了诺贝尔文学奖,我看《麦田里的守望者》。读一千次,仍然感动得落泪,一直觉得《麦田里的守望者》比《蝇王》好看,纯粹是私人意见。

每当心情波动,最好寄情于一本熟悉而精彩的小说,不用费许多神而可以将心思暂寄。到六点钟,眼皮支持不住,奄下来,睡熟。

闹钟像鬼叫似的响起来,我大声呻吟跳起来,迟到,我要迟到了。睁开酸涩的眼睛,才发觉自己穿着大衣球鞋躺在床上,而且是星期日。要命。

我伏过去照镜子，眼睛布满红丝。

父母已经起床，母亲声音细细的。

"没多久就回来了……约大半个小时。我瞧得没错，文思是规矩人。"说的明明是我。

父亲说："唉，这些年，看她也受够了，无论如何总得支持她。"

"他俩看情形也快了。"

父亲在喉咙里发出一阵声音作为回答。

我趁这机会推门出去："可有粳米饭油条？"

"神经。"是妈妈愉快地回答。

我吃了麦片鸡蛋再往床上躺，翻来覆去。红光满室，可怎么睡呢？

起身出门去找文思，缓缓踱到他寓所楼下，那种三层楼的旧房子，因救火车上不了狭而斜的小路，因此逃过拆卸的命运。我站在他家楼底下往上看。

走了近一小时，气喘，一身汗，但又犹疑着不好上去。

也许他有朋友在，碰见就自讨没趣了。

我坐在低石栏上搓着手。

即使结为夫妻，也不等于我属于他，他属于我，骨血相连。他还是有他的自由，而我也应当保留自我，互不侵犯，互相尊重。这么大的道理下，使我不敢上去拍门。

露台上挂了许多攀藤植物，显然有数十年历史，紫色的不知名花朵在晨露中鲜艳欲滴。

这时候下起微雨来，我口中尽哈白气，印象中这亚热带城市未曾这么寒冷过。

我还穿着昨夜的衣服。

我决定到附近去打个电话把他叫醒。

刚站起来，听见文思叫我："韵娜？"完全不相信，他见到的确是我。

我抬起头，见他站在露台上，立刻心花怒放。

我向他挥手，他揉眼睛。

我大声嚷："说呀！说'罗密欧，为什么你是罗密欧？'"

他说："我马上下来。"

我也奔上楼梯，两个人在梯角撞个满怀，但我们没有拥抱，只是笑弯了腰。

"上来上来，我那里暖和得很。"

我抱着双手上去，奇怪，一坐在他家，心也不再忐忑，马上觉得疲倦，足可睡二十四小时。

我看看身上，实在不像样，都快发臭了，真该洗好澡再来，呜呼。

文思问我："你这样痴心跑来看我，是不是爱的表示？"

"我来看你，是因为我闷得慌。左文思，为什么任何话自你嘴中说出来，就变得这样肉麻呢？"

他咧嘴笑。

我也傻笑。

大概这样也是恋爱。

他给我看相册，照片里的我美得似公主。小杨的摄影技术比整容术还厉害，经他技术处理，我恍惚恢复当年神采。

"你的衣服才上照呢。"我说。

"那简直不在话下。"文思说到他的事业是绝不谦虚的。

"你在哪一所大学学的设计？"我随口问。

"大学？我可没有念过大学，只有半工半读地在工专夜校念过纺织科，"他不悦，"圣罗兰、米索尼是大学生吗？"

为了刺激他的自负，我造作地深深吸进口气："什么，不是大学生？只恐怕家母不肯让我嫁你。"说得像煞有介事。

文思一怔，随即笑。

过一会儿他问："你肯嫁我吗？什么时候？"

我又后悔把话说造次了。连忙躲进浴间好好洗把热水脸，好若无其事地出来。

时间过得特别快，嘻嘻哈哈一个中午过去，黄昏来临，我累得几次熟睡，脑袋摇来摆去，结果由文思把我送回去。

星期一，我变了一个新人，穿全套云裳设计的服装，面孔上略加化妆，又用母亲的皮包，虽然还足踏球鞋，到底非同凡响。

同事看到我推门进去，投来的目光犹如看到一个陌生女人，半晌才惊叫："韵娜！"

小老板出来看热闹，也说："韵娜！"上上下下打量，"错不了，还会愁没衣服穿？好家伙。"

头三天总有些难为情，过一阵大家就会习以为常。

下班跑到名店区，恍如隔世，多少年没来了。

我蹲在鞋店挑鞋，立刻有时髦的太太问："小姐，请问你这套衣服在什么地方买的？"

我客气地答："不是买的，是左文思为我设计的。"

"嗯？只有一件？"立刻投来艳羡的目光。

"大概是。"我微笑。

"叫他设计件独一无二的衣裳，要什么代价？"她兴致勃勃地说。

我忍不住淘气，一本正经，左右环顾一下，压低声音说："要陪他睡觉。"

那位年轻太太听得面无人色，张大了嘴。

我笑着同售货员说："要这几双。"

直到我提着新鞋出门，她还如雷击般坐在那里不动，大概在郑重考虑是否值得为一件衣服失贞，她恐怕在想：在这个争奇斗艳、风头至上的社会里，也顾不得那么多了。

对于与祝太太同类的纯洁中年少妇，我特别反感。也许是妒忌她们生活过得太舒适正常了。

回到家，司机老莫在平台上一见我便拍手奔过来："好了好了，小姐，你总算回来了，老爷病发，太太已把他送到医院去了，快跟我来。"

我听这话浑身凉飕飕、轻飘飘，身不由己地上了车。

母亲在医院大堂团团转。

我与她会合，大家一句话都没有说，便上楼去。

父亲已脱离危险，虚弱地躺在病床上，脸色灰白。

医生轻轻说："这一次运气好，下一次就很难说了。"

父亲转过脸，唤母亲，要喝水。

母亲眼泪滚下。

父亲饮水后又要找韵娜。我鼻子发酸，连忙过去。

"韵娜，"他轻轻问，"你几时同文思结婚？我总得看到你同他结婚。"这始终是他心头一块大石。

我立即决定："我们下个月结婚。"

"啊。"他放心了。

医生说："明天再来看他，让他多休息。"

母亲说："韵娜，你回家去吧，老莫与我在这里可以了。"

我点点头。

我只有一个星期的时间把自己推销出去。

真是苦笑连连。

我把鞋盒子堆在一角，发了一晚，怎么同左文思开口？

如果父亲没有见过文思，还可以在街上胡乱拉一个男人来假订婚，现在连这样的破桥段都过不了关。

菲籍女佣正对着电话说洋泾浜英语："她不舒服，不听电话。老爷在医院，太太去陪他……一定要叫小姐来？"她看着我。

我问："谁？"

"你的男朋友。"她说，"他说他立刻来。"

我接过话筒："喂？"

"文思。"

"啊你——"我声音放缓。

"我立刻来。"

"好。"我们之间已经不必多说无谓的话。

我用手紧紧揞住面孔，文思抵达时过来拉开我的手。

我叹口气："世界沉沦而无能力救亡，是否应笑着下地狱？"

他说："哪儿有这么严重，他很快会恢复健康，他心爱的女儿在他身边，好过任何强心针，快别哭丧着面孔。"

"我们现在做什么？"

"出去散步，来。"我们一直走，他握着我的手，我把我们两个人的手都放在同一个大衣口袋中，经过酒馆，进去喝一杯啤酒。有他在身边，心情好得多。他一直抚摸我腕上的疤痕，这疤痕仍然凸起来，粉紫红色，像厚嘴唇女人的大嘴般，很丑陋。

文思轻轻说："整容师可以把它磨平。"

我微笑，觉得没这种必要："以后再说吧。"

"现在痊愈了？"他仍不放心，"按下去不痛？"

我白他一眼，他讪讪地笑。

到此为止，我仍然不知如何向他提出订婚之事，也许我应该到卡地亚去买一枚小而精致的指环，带着香槟上他家去，向他跪下求婚。

我嘴角露出笑意。

"你在想什么？"他好奇地问。

"我要回去了，免得妈妈找我。"我握一下他的手。

母亲当夜让我辞工，因家里需要我。

我同姬娜说："我本来是唯一超过二十六岁而仍然同父母住的人，也是唯一没有职业的女人。"

"别沮丧。"

"做得好好的又要辞工，一辈子不用想有一份理想的职业，青春美已经一去不再，工作美又没能培养起来，再过几年，活脱脱是个欧巴桑。"

姬娜笑："有左文思在，你将会是城里最美的欧巴桑。"

"你没心肝，我爹病在医院，你还有劲儿说笑。"

"医生说他没事了，他也决定正式退休，还担什么心？"

"咱们家打七年前便开始走下坡，都是我不好。"

"怎么能算你的错。"姬娜不以为然。

"如果我不去惹滕海圻，"我忍不住说，"父亲怎么会跟他拆伙？毕生的积蓄都在那次投资上，生意一结束，立刻衰败下去，被滕趁乱取利。打那个时候起，他就意兴阑珊，当然只为了我。"

姬娜说："别再自怨自艾，过去的事是过去的事。"

我的仇恨忽然又燃烧起来："我后悔没有杀死他，我后悔没有下死力！"我歇斯底里地叫起来。

姬娜忍不住给我一个耳光，她厉声说："够了！"

我掩住面孔，颓然倒在床上，痛哭起来。

"不要再内疚，给自己一个重生的机会。"姬娜安慰我。

我握紧拳头，七年来时时刻刻要丢下的往事，又慢慢呈现在眼前，在双亲面前，我再也没有隐瞒。

姬娜拉住我："不要叫我害怕，韵娜，不要叫我害怕。"

我蜷缩在被窝里发呆。

伺机向小老板说明辞职理由。

他很讶异兼失望，还有点不高兴。他怀疑我要结婚，只不过不告诉他。

我们商量很久，他决定给我为期三个月的无薪假期，我就那样收拾包袱离开，神情非常黯淡。

我站在路边等老莫来接我。

开到荼蘼

肆·

我是什么人？

我是天涯沦落人。

"韵娜。"有一只手搭在我肩上。

那声音，我做了鬼都认得，我伸手打掉那只手。

"你在帮曹某做事？"他微笑地问，"真委屈了你。"

"滕海圻，走开！"

"韵娜，你那臭脾气一直不改。"

我别转面孔，不去看他，心里只希望老莫快来。这老货，养他千日，一日都用不着。

"我记得我同你说过，不准你连名带姓地叫我，怎么又忘了？"

我不回答，眼睛直视。

"在等谁，左文思？"

我猛地一震，随即心如死灰，他不放过我，我早就该知道，他不会放过我，他什么都知道。

"左文思与纽约来的买办谈正经事，你等的恐怕不会是他吧？"他悠然地说。

这时老莫已驾着车子驶近。

我忍不住转身问："你怎么知道？"

"我怎么会不知道？"他微笑。

老莫把车停在我跟前，下来替我把大包小包放进车厢。

"你不想知道关于左文思的事？"他问我。

我左脚已经踏上车子。

"左文思是我的小舅子，你难道不晓得？"

我如五雷轰顶，右脚再也动弹不得。

"你说什么？"我直勾勾地看着他。

"左淑东是我的妻子，左文思自然是我的舅爷。你身上穿的猄皮，由他设计，但是料子却由我进口。韵娜，世界真小，是不是？"

他如一只老猫攫到老鼠，得意之情，由心中放射出来，英俊的面孔上隐隐透着狰狞，嘴角的笑意冷酷无情。

我不能就这样倒下去来满足他。

我淡然地说："我与左文思，只不过是普通朋友。"

这下子轮到他诧异了："你不怕我将你的过去，告诉他？"

"去说吧，"我看他一眼，"叫人写出来，发到小报上去，出一本书，我给你一张彩照做封面。"

我钻进车子里，关上门，老莫将车开走。

我紧闭着嘴，脸色非常苍白。

我不能就此倒下来。

失去左文思不要紧，我有的是将来，天下有的是男人，但这一仗却不能输。

原来左淑东是他的妻子，他又结婚了。

淑东！我怎么没想到，两夫妻名字中各拆一字出来做店招牌，原是最普通的事。

我相信他说的属实，文思确实是他的妻舅。

我无言，茫然地看车窗外。

看来与左文思这一段，不得不告一段落了。

我疲倦地闭上眼睛，靠在车坐垫上。

"小姐，到了。"

"嗯？"我睁开眼睛。

老莫说："小姐，到家了。"

"啊。"我叹口气。

"小姐，老爷的病又不碍事，你也别太担心了。"老莫关心地说。

我苦笑着拍拍他的肩膀，母亲在平台上等我。

母亲问我："文思呢？怎么这一两日不见他的人？"

我说："妈，我并不需要一个男人来为我扬眉吐气，巩固地位，有没有文思都一样。"

她的面色大变："什么？你们闹翻了？天呀，前两天还说订婚呢。"

我刚想解释，文思在我身后出现，叫声"伯母"。

妈妈松口气："原来是同我开玩笑。文思，你们如果订婚，至少要在报上刊登一则消息，告诸亲友。"

我要阻止，已经来不及，只好尴尬地笑。

妈妈又叹道："千万别争意气吵架，要相敬如宾啊。"她说完便回屋子去了。

文思狂喜："订婚？我们要订婚吗？怎么我不知道？"

剩下窘得要命的我，手足无措。

"你跟伯母坦白了？"文思按着我的肩膀，"看样子我也得跟家人说一声。"

我说："父亲病着，编来安慰他的。"

"什么？"他失望，"你这小子。"

我难过地看着他。明白之后，只怕送给他，他都不要我，这次他受的打击，应该比我大，可怜的文思。不过如果他甘心相信他姐夫的废话，那也是活该。

"今日你比往日都消沉。"他说。

我同自己说：我为父亲的病回来，其他一切都不重要。

我牵牵嘴角："心脏病是最无情的。"

我忽然想起来，第一次与文思在街头邂逅，是在瞥见滕海圻之后，可见他们的确是结伴而行。

我长长嘘出一口气。

文思握紧我的手："你为何叹息？告诉我，我们都快订婚了，你有什么心事不能对我说？"

我哗然："订婚？才三个月就订婚？你回家想想清楚，你并不认识我。"

明天，明天他就知道，滕海圻今夜会对他说出我的过去。

我恻然，恋恋不舍注视他的面孔，心内怏然不乐。

我与他在客厅对坐，有话说不得，这像什么？像楼台会，最后一次见面，没有终结的感情。

妈妈叹口气，坐在我们中间，看看女儿，又看看她心目中的快婿，愁眉百结之中露出一丝笑容。

"星期几宣布订婚？"妈妈问他。

文思说："明天或后天都可以——"他愿意进一步讨论。

我插嘴："妈妈，我们改天再谈。"

"怕什么，怕难为情？别傻了。"妈妈说。

文思说："我家中只有姐姐，很简单，只需通知她一声就是，我同她也不是很接近。"

啊，母亲很宽心："韵娜这孩子，有点外国人脾气，将来你要多多迁就她——"

"妈妈。"我心乱如麻地站起来。

"你怎么了？"母亲愕然地抬起头来。

"你们两个仿佛在商量买卖一件货物似的，"我抱怨，"有说有笑，君子风度得很呢，也不想想我的感受如何。爹爹呢，他几时出院？"

"明日就回来，所以要赶紧办这件事呀。"

"那么明日吧。让文思回去想清楚。"

文思叫起来："我不用想，我什么都决定了。"

我既好气又好笑："我累，今天不想再说下去。"

他伸手碰一碰我面孔，爱怜地说："我明天再来。"

我亲自开门，送他下去。

母亲很生我的气，在接着的一小时内，唠叨我不够温婉体贴，最后还叮嘱："对文思要当心点。"

我微笑。

其实文思也并不是那么理想的人才。

七年前母亲会嫌他不是个专业人才，没有固定的收入，嫌家底不明朗，可是现在，因觉得女儿如一件破货，心先虚了。故此特别重视文思，务求将我推销出去，放下心头一块大石，下半辈子能够无牵无挂。

我竟成为全人类的负累。

一子错，满盘皆输，没有比这更贴切的形容词了。

连母亲都叹口气，疲倦地说："我老了，话太多了。"

他们都为我心怯，我不得不顺俗，再坚挺的自信心也宣布崩溃。我用手托着头。

电话铃响，我似有预感，心惊肉跳地拿起听筒。

"韵娜？"这声音使我颤抖。

是滕海圻。这个魔鬼一下子便查到了我的踪迹。

"出来谈谈如何？"

我口气已不能似开头那么强硬。我没有出声。

"你有很多因素需要考虑，韵娜。你父母渴望你成婚，你不忍使他们失望，是不是？"

我仍然沉默。

"还有，你同左文思有感情，已经放不下，是不是？"

我只好默认，心中倒是没有愤怒，只有悲哀。

"出来说说。"

我说："有什么请在电话中讲。"

"我不会把你的事告诉文思的。他并不知道我们相识。"

一朝被他要挟，一辈子活在黑暗中。我握紧拳头，准备还击。

"老实说，我没有勇气向他坦白过去，你代我说了正好，是福不是祸，是祸躲不过。"

"可是你父母会怎么想？"他也拣我的弱点还击。

"七年前他们熬过去了，七年后没有理由会更难过。"

"你真的豁出去了，"他干笑数声，"别忘记令尊有心脏病。"

"人总要死的。"我说得很平静。

在这只鬼面前稍露温情，就会万劫不复。

128

"你舍得失去左文思？"

"主动权不在我。"

"当然在你手中，你要争取。"

"跟你商量？"我笑出来，"与魔鬼商量灵魂之得失问题？"

他沉默良久："你很厉害。"

人到无所求的时候，自然什么都不用怕。

"既然如此，为什么你没有放下电话？"

"那我马上放。"

"韵娜！"他不肯放我。

"什么事？"我说。

"出来一次。"滕海圻说。

"没有什么可说的。"

"我想见见你。"

"算了，我现在的样子，不方便见人。"

"关于文思——"

"我亦不想知道他的事。"

"你还错得起？"

"当然，我才二十六岁，平均一年再错一次，尚可以错十次八次。社会风气现在转了，你不知道吗？女人堂而皇之可以有许多过去及历史，没有人会介意。介意又如何呢？
我又不等谁来提拔我，我又不希冀谁把我当家禽似的养在
家中。"我哈哈笑，心中悲苦万分。

"你是更加野性难驯了。"

"再见。"我说。

"明晚十时，我在你楼下等你。"

"我再也不是十九岁了，算了吧。"我搁下电话。

父亲于翌日出院。

厂长一早在家等他，似有难言之隐。

我还是天真，不知他为何而来，直至见到父亲愁眉百
结，才知道是钱的问题，父亲周转不灵已有多时，此刻火
烧眼眉。

我把母亲拉在一旁："欠什么人的钱？"

"员工。"母亲面色灰败，"兵败如山倒，欠薪已三个
月了。"

"没有朋友可以帮忙挪动一下？"

"人人有那么多的好朋友，银行还开得下去？你这个孩
子，好不天真。"

"欠下多少？"

"不关你事，你不用管。"

"也许我有办法。"

"你有什么办法，"母亲瞪我一眼，"卖掉你也不值这么多。"

"到底有多少？"我说，"或者可以把厂押掉。"

"早押过七次。"妈妈说，"此刻所有值钱的家产全归银行了。"

"母亲，你的首饰呢，或许可以救一时之急。"

"那些石头只有买进的价，没有卖出的价，临急临亡当贱泥都没人要。"母亲叹气，"你不用担心。"

"那怎么办？"

"大不了宣布破产，总之与你女孩子家无关。"

"阿姨呢，阿姨有没有能力？"我说。

"她自己还正头痛呢。"母亲说。

我的天，我空洞地看着天花板。原来我这次回来，正好看到父亲垮台。

咱们家到底怎么样了？

我问："老房子是卖掉的吧？"

母亲不回答，只说道："文思快要到了，这孩子，想到他才有点安慰。"

说到曹操，曹操就到。

文思神色如旧，很明显，滕海圻没同他说什么，滕要保留这一手资料作为后用。

父亲叫母亲传话出来："文思到了叫他进来。"

就在父亲病榻之前，文思掏出指环替我套在手上。指环是现买的，意大利设计，精致无比，灿烂地装饰我的手指。

文思取出订婚文告原稿，给父亲过目，出的是我们的名字。父母亲看过之后，面孔上流露的欢欣之情，使我双眼润湿，一切都是值得的，这一切如果能够使老人这么高兴，再花多点力气还是值得的。

文思轻轻地说："后天登在两英文两中文报章上。"

父亲点点头，扬手叫我们出去。

我心中一点喜气都没有，同文思说："幸亏只是订婚，否则像做个圈套等你钻进来似的。"

"仍然是我的荣幸。"他深深吻我的手。

母亲说："文思，自今日开始，大家是一家人，请姐姐来吃顿饭，我们好好地聚一聚。"

　　我怕露马脚，连忙顾左右而言他："你让他喘过气来好不好，逼死他谁也没好处。"

　　"你看这孩子，文思，我把她交给你，我才不管她放肆到什么地步呢。"母亲讪讪地站起来走开。

　　我同文思说："你看她急成那个样子，最好今晚就花烛，到时米已成炊，叫你追悔莫及。她真似生活在农业社会中，天真得要命，现在这个时势，吃到肚里的鸭子还能飞掉，再也没有一辈子的事了，不知急什么。"

　　文思讶异地问："你怎么了？一箩筐的牢骚。"

　　我黯淡地笑。

　　母亲把整个下午用在通知亲友上，一番话说千百次，说得嘴巴起茧。

　　"大概是到欧美旅行结婚吧，他们年轻人都爱这一套。快？不算快，也有一段日子了。婚后是小家庭。对方是位人才，自然没话说……我是心满意足的……"

　　七年来受的委屈今日扬眉吐气。

　　母亲跟着父亲这个不算是能干的生意人，三十年来大起大落，不知见过多少世面，到如今尚能为这件事兴奋，可知是真的人逢喜事三分爽。

文思与我一直握住手不放。"你会不会永远爱我？"他轻声问。

"我永远不离开你。"话说出口，才觉肉麻不堪。

"无论发生什么？"他问我。

我微笑："即使你六个以上前任女友要与我拼命，我也决定一一应战。"

我们相视而笑。

"澳大利亚有人来看我的设计，我去应酬他们。"

"大客户？"我关心地问。

"不，我在等一组犹太商人来赏识我，这些，还都是小儿科。"

文思取过外套离去。

母亲说得筋疲力尽，要喝口西洋参茶润喉，她一副悲喜交集的模样。女儿终于找到主，但丈夫的生意却要关门。谁说老式女人容易做？还不是先天下之忧而忧。是夜我与母亲两个人相对吃晚饭。她还是老样子，一直夹菜给我，叫我吃多一点。民以食为天，天要塌下来了吗？不要紧，先填饱肚子再说。一种无可奈何的乐观，多么滑稽。

我吃得很多，肚子痛，不舒服。

初到纽约，瘦得只剩八十多磅，住下来以后，开始吃，拼死无大害，不如实际一点。甚至会买一瓶覆盆子果酱，打开盖子，用塑胶匙羹舀来吃，一个下午就吃得光光，也不怕甜腻，现在想起来都打冷战。

一直胖到一百三十磅，整个人像个皮球，一个约会也没有，才忽然省悟，几时才到五十岁？那么长的一条路要走，拖着多余的肉，更加多三成贱，于是努力节食，但是身材已经松弛，不能够再穿两截泳衣，有碍观瞻。

我也并不在乎，自从那次之后，一切无所谓。只要活着，翻不翻身并不重要，一个人在心灰意冷到极点的时候，往往会积极起来。

谁知道呢，也许文思就是爱上我不在乎这一点，旁人以为我是一个潇洒的女人。

那夜我看着挂钟的时针向"十"字移动，我套上毛衣，轻轻出门。

母亲看见，半嗔半怪地说："既是未婚夫妇，什么时候不能约会？偏偏像贼似的，三更半夜冒着寒风在楼下见面，也太有情趣了吧？"

我不出声，把围巾拉紧一点。滕的车子早在等，果然准时。最时新的跑车，踩尽油门险些会飞上天那种。

小时候此类车最吸引我，坐上去兴奋无比。现在，车子对我来说，只是有四个轮子的交通工具，哪一类都一样。

人的本性也许不会变，但观点、嗜好、习惯、品味，这些，都随时日成熟，留于原地不长大是极其可怕的一件事，滕海圻不会认为我仍是十九岁的王韵娜吧。

他一见我，马上替我拉开车门。

我一声不响地坐上去。

"我以为你不会来了。"他说。

我的两只手一直藏在口袋里。

"我们去喝一杯东西。"

滕海圻把我带到私人会所的咖啡室，在这种幽静的地方，我们可以把任何事都摊开来讲。

"我先说。"

"请。"他摊摊手。

"我父亲的厂欠薪若干万，这件事，你一定知道。"

"已欠了三个月，自然同行都知道。"

"你要想法子帮他。"

"你开玩笑，韵娜，这件事关系一百数十万不在话下，他经营不得法，在这种时势下，帮他也无用，一下子又拖垮，不是替他偿债一次就可以圆满解决的。"

我沉吟，觉得他说得有理。

我说："那么你先替他救急，然后替他妥善地结束生意。"

"你命令我？这是你今夜出来见我的原因？"他怪笑起来，"我为什么要那么做？"

"你欠我们王家的。"

"欠什么？"他毫不留情，"你倒说说看。"

"你吞并他的生意，你利用他，你使他一蹶不振。"

"商场上不是你死，就是我亡，每天都有多少人倒下来，只能怪学艺不精。有勇气的从头来过，没胆色的请退出江湖。你不是小孩子，韵娜，我并不欠王家什么。"

"道义上你应当拉他一把。"我脸色发白。

"道义对我滕海圻来说，一向是奢侈品。"

我们俩狠狠地对视一会儿，我的眼睛欲喷出火来。

"好，看在我们两个人的过去——"

"不用看过去，"我打断他，"当年你情我愿，你并没有强迫我。"

"我可以帮他。"

"说。"

"不但帮，而且可以做得不露痕迹，但是他的厂不得不收蓬。"

我扬起一条眉毛："为什么？我知道这里面有蹊跷，你不见得忽然生了善心，今夜你见我，究竟为什么？"

滕海圻说："韵娜，你学聪明了。"

"别吞吞吐吐的。"我说。

"我有条件。"

"什么条件？不见得是要我重归你的怀抱吧？"

"呵呵，呵呵。"他笑。

我冷静地等他笑完。

他整理表情："我要你离开左文思。"

我侧侧头，一时间没有弄明白，不准我见左文思，这有什么作用？

我冷静地说："但我今日已与文思订婚。"我伸出手给他看那枚指环。

"结了婚也可以分手，这是我的条件。"他很坚决。

"为什么？"

"我没有义务回答你。"

"可是你需要我的合作。"

"你又不是白白与我合作，我给你异常丰厚的报酬。"

我心中的疑云积得山那么厚。

"为什么你会付出那么大的代价叫左文思离开我？"

他凝视我，隔一会儿才说："因为你是一个可怕的女人，韵娜，我不想一个大好青年为你毁掉前程。"

"我可怕？"我盯牢他笑出来。

"当然，你以为只有我是魔鬼？我们是一对，韵娜。"

我觉得苍凉，因为什么都给他说中。

"你并没有爱上左文思，他是一个天真的孩子，他并不知道你的来龙去脉，你选择他，只不过感动于他的痴心。"

"你低估了我。"

"不会，韵娜，我太清楚你了。"

"我也很清楚你，你的确不会为了一个大好青年的前途而叫我与他分手的。"这里面一定有秘密。

"看，韵娜，我已给足你面子，这条件你到底接受不接受？"

我低头想一想，我没有选择，我不能让父亲宣布破产，弄得狼狈不堪，晚节不保。他已六十岁，根本不可能东山再起，滕的插手可以使他多多少少挽回一些面子，他与母亲也有个存身之处。

"我答应你。"我说。

"很好。"滕海圻说，"从明天起，你不能再见左文思了。"

我说："派他到欧洲去三个月好了。"

"我早已想到，小姐，他将去展览他的新作。"

我问："他是你一手捧起来的人吧？"

"小姐，你何必知道得太多。"

"你说得对。还有，我父亲的情形已经火烧眉毛了，不容再拖了。"

"明天就替你解决。"

我说："你真是一个痛快的人。"

"阁下也是。"

他送我返家。

我自嘲地想：七年前，还为他要生要死呢，现在如同陌路，早知今日，何必当初？

滕嘘出一口气："韵娜，你也真狠，我险些为你身败名裂。"

"险些，又不是真的。"

"我可是捏过一把汗的。"

"滕先生，什么都要付出代价，没有免费的事，亦没有偶然的事。"我板起面孔。

"这已成为你的座右铭？"他讥讽地问，"没想到你这么有学习的精神，我原以为你会心碎而死呢。"

他真厉害，无论我如何掩饰，他总有办法拆穿我。

"不要把丢脸的事放在嘴里咀嚼出味道来，老皮老肉的女人是最最可怕的女人。"他加一句。

没想到他恨我，同我恨他一样。

我们两个人都挂着笑容，做若无其事状，但这场斗争，才刚刚开始。

"离开文思，你不会后悔，你们俩根本不适合在一起。你需要一个强壮原始的男人，像香烟广告中的男主角那么粗犷，可以带你走遍天下……文思只是个文弱书生，你不能为结婚而结婚。"

我觉得好笑，他关心我？

他说的不愧是至理名言，但出自他的嘴巴，那才是滑稽。

我看着腕表，已经十二点多了。

"在你下车之前，我要你看一样东西。"

我抬起头。

他伸手解开衬衫的纽扣，拉开衣襟："看。"

我吸进一口气，这是我第一次看到他的伤痕，在梦中见过多次了，但实际上还是第一次见。

在他的胸膛上，自左至右，是一条极长的疤痕，肉痕纠结，弯弯曲曲，凹凸不平，鲜红色像是染上去的，恐怖之至，像影片中的科学怪人，被人剖腹，取走内脏，再度缝合。

他很快拉好前襟，很平静地说："这便是我付出的代价。韵娜，请不要再以受害人的姿态出现，你并不是为男人牺牲的小女人，你扪心自问，在我身上留下这样的疤痕，还不足报复？"

我浑身发抖，用双手掩住面孔。

那一日，我去找他，他来开门，面孔上还带着笑，我不由分说，一手抽出刀，出尽吃奶的力气砍过去……他笑容凝结，用手推开我，锋利的刀像开膛似的划过他胸口，血如喷泉似的涌出来……

"只因为我不肯同你结婚。"他静静地说。

我额角冒出汗。我的代价却是从此活在噩梦中。

我喃喃地说："你讲得对，我不配再有新生命，我将永远生存在这肮脏的回忆中。"

他冷笑："悉听尊便，但是你一定要离开左文思。"

我开了车门，蹒跚回家。

但……

但他答应娶我，我心酸地想：我才十九岁，我相信他。我将一切都交出来，什么都没剩下。

依今日的标准来说，我太不够潇洒，太放不开，太幼稚。

但当年我只有十九岁。

我的双腿打颤！勉强挣扎回屋，倒在沙发上不能动弹，半晌才把父亲的白兰地斟出，一饮而尽。

母亲还没有睡，在这种情况下，谁睡得着？

"你怎么了？"母亲问，"出去一趟回来，怎么面如土色？"

我索性同她说明白："妈妈，我同文思的事取消了。"

换来一大阵沉默，她仿佛已有预感，这件事不会这么顺利。

我进一步解释："他只有一个姐姐。后来我发现他姐夫是滕海圻。我想这件事还是压一压的好。"

母亲一听这个名字，身子一震，想说什么，终于没开口。

"太巧了。"我说。

她仍然很沉默，我知道她不好过，故作轻松："我还年轻，大不了到外国嫁洋人，母亲，不必为我烦恼。现在流行这样，许多女明星对婚事都出尔反尔。反正终有一日，我会嫁得出去的。"

母亲的目光呆滞而空虚。

我又斟出小半杯白兰地，仰头一饮而尽。

这个交换条件不算坏，如果手上没有左文思这张牌，父亲这次可完蛋了。

第二天一早我亲自到各报馆去取消广告，订婚一事正式告一段落。

回到家，见到父亲精神略佳，坐在床上吃粥，有笑容。

我立刻知道滕海圻已做妥他的功课。

我过去问："有好消息？"

母亲说："今日祝太太忽然来港一次，你记得那个祝太太？"

我点点头，那个自称纯洁天真的中年女人。

144

"人家真是大好人，"母亲白我一眼，"雪中送炭来了，韵娜，下次见到她，我不准你无理。"

"怎么，她打算帮我们？"我明知故问。

"不但替我们解决燃眉之急，还愿意替我们把厂顶下来。"

"那太好了。"我对滕的安排甚为满意。

"我想你父亲也该退休了，打滚这么多年，还不够吗？"

父亲不出声，显然同母亲已经商量过。

"工人明日就可发薪，"母亲嘘出一口气，"没想到事情会圆满解决，谢天谢地，叫咱们遇见贵人。"

他们老夫妻紧紧握着双手。

滕海圻这么有办法，看来我想不遵守诺言也不行了。

他会把文思调走，使我们分手毫无痕迹。

文思知道他要到欧洲去展出，兴奋莫名。

他坚持我同他一起去。

我一口拒绝："你去办公，我跟在身后多么麻烦，你又不会有空陪我，晚上回来，也早已筋疲力尽，下次吧。"

对我的冷淡他当然是失望的，但我说得合情合理。

"去多久？"我问他。

"要两三个月。"他有些依依不舍。

我点点头。足够足够，遥远的爱是没有爱，来得快去得快，滕海圻算得很准，他认为一时的冲动只要冷却下来便会蒸发。

"替我带些漂亮的衣服回来。"

"一定。"他想起来，"你看到报上我们的告示没有？"

"我刚要同你说，父亲又改变主意，我只好把告示都撤下来。"

文思疑惑。

"老人家的心事颇难猜测，我不在乎，你呢？"

文思真是个单纯的人，他立刻释疑："我也无所谓，恭敬不如从命。"

我心酸，眼眶润湿，紧紧地拥抱他。

"这次我也不勉强你同我去，你在这里好好照顾你爹。"

文思身上有清新的肥皂味，伏在他胸膛上，有种归属感。若没有滕海圻插手，我们可以结为夫妇，白头偕老。

但不是每一段感情都可以开花结果的。

"这一段时间内，我会天天同你通信的。"他最后说。

他走得颇为匆忙。

滕同我通过话："我已遵守我的诺言，现在看你的了。"

他很喜欢这个小舅子，我看得出来。

既然我已出卖了左文思，其余的不必再追究。但滕海圻这条鳄鱼，怎么会对自己以外的人感兴趣呢？

我始终念念不忘。为了消愁，我去找姬娜，与她吃茶。

即使是至亲，我也没有透露太多。

"吹了？"姬娜睁大眼睛。

我苦笑："这次有赚，你看我这身华服。"

"为了什么？是不是他听到了什么闲言闲语？左文思不是听信谗言的人，他是个精明的艺术家，他知道他在做什么，我对他有信心。"

我握着咖啡杯子："待父亲安顿下来，我想我还是要回美国去。"

姬娜发牢骚："怪不得那么多女人要嫁外国人，一了百了，不知多好，避开小人，要多远就有多远。"

我唏嘘："其实小人即是往日的熟人，否则如何知道那么多秘密。"

"什么秘密？"姬娜说，"现在流行把荷包底都翻转给人看，就差没公开表演床上三十六式了。人家一点点小事就炸起来当千古秘闻，他自己男盗女娼却不算一回事。"

我笑："口气似道德重整会会长。"

咖啡座有玻璃天顶，阳光非常好，坐在那里，特别有浮生若梦的感觉。

我轻轻地说："拿刀杀人，似乎也不算小事。"

姬娜一震。

"你爱我，当然原谅我。我自己倒一直耿耿于怀。"

"一时冲动而已。"姬娜带盲目母性地维护我。

"几乎什么事都是在一时冲动之下做成的。"我并没有因此原谅自己。

"他也理亏，所以他没有起诉你。"

"是，否则我可能被判入狱。"我苦笑，"身败名裂，一生完结。"

"教养院，别忘记你并不足龄。"

我默然。什么地方来的勇气？连我自己都不知道，只觉得恨。恨意似为一股可惧的力量，急于摧毁他，连带也摧毁自己。

女人都是这样，来不及地杀伤自己，一个个都具淫妇本性，没有男人便活不下去，怎么会这样悲哀？

时代再进步，进入太空也不管用，女人还是女人。

148

现在都改了，付出这么大的代价才学到这一课，不牢牢警惕自己怎么行？

我同姬娜说："一连七年，我时常做梦，看到一个血人拉住我的腿不放，或是向我倒下来，脸紧贴我的脸……"

"你的生活也很痛苦。"

"确实。"我苦笑，"在梦中，我甚至闻得到血腥味。这些年来，我不敢碰刀子，尽吃三明治及即食面。"我用手托住头，"但过去了，一切都过去了。"

姬娜感同身受，非常同情我。

"我运气不太好，是不是？"我轻轻地问。

姬娜忽然哭了，伏在咖啡桌上抽噎。

"喂，你哭什么，别神经。"我推她。

"做女人真辛苦，我真受不住了。"

"但你是幸运女性。女人不论才气，只论运气，幸运者永远有男人为你出生入死，衣食无忧，你便是其中之一。"

"你担保？"姬娜边擦眼泪边问。

我端详她那美丽端正的面孔："我担保，不用铁算盘也知道你有福气。"

她破涕为笑："我希望左文思想清楚后再来找你。"

"男人跟女人都这么多，谁会等谁回头？"我问道。

"你别用历尽沧桑的语气好不好？"姬娜说。

我们结账。

文思在傍晚打长途电话来，我总推说自己不在。

父母亲为结束厂里事务忙得不亦乐乎，暂时无暇关注我的感情生活。他们决定搬到一个更小的房子去，因要进一步节省，这又是我离开家的时间了。

父亲既悲又喜，喜的是不用与债主公堂相见，悲的是毕生的努力付之流水。

他们在新居安顿好以后，我搬出去与姬娜暂住。

父亲问我："文思呢？文思在什么地方？"

我说："爹，我们的事，我们有数。"

这个时候父亲已精疲力竭，一点自信心也没有，只好伤感地看着我，不出声。

我说："他在欧洲。"

连新的电话都不给他，从此我失踪。

我睡在姬娜的小公寓客厅中，思念文思。

找不到我，他会怎么样？我已把指环寄还给他。

这一次订婚犹如一场闹剧。

150

他会很快忘记。是的，忘记。

天气似乎更冷了，我为姬娜编织毛衣。

等父亲身体再好一些，我就会再次踏上旅途。

这时，我并不知道文思已发动全世界的人找我。

那日我去接姬娜下班，在马路上遇见他那个摄影师小杨。

确切点说，他在马路另外一边，见到我，拼命摇手，并且大声叫："韵娜！"他奔过来。一辆汽车为了不想他做轮下鬼，紧急刹车，引起尖锐的摩擦声，使路人注目。

"你干什么，小杨，自杀？"我笑问。

他一把拉住我："你跑到什么地方去了？"他喝问我："左文思发狂地找你。"

我立刻挣脱他的手走。

小杨并没有罢休，追上来："别走，韵娜，成年人有话好说！"

我才不理，但他是男人，腿长脚快，我被他逮住。

"看你走到什么地方去。"他恼怒。

我情急，连忙召警："警察先生，警察先生！"

那年轻的警察立刻走过来，扬起一边眉毛。

我马上说："这个男人骚扰我，我不认识他，他却来拉我的手。"

小杨没料到我有这一招，啼笑皆非，恨恨地骂："你这个女人！"

那警察也很会看人的眉头眼额，知道我们俩是相识。

那警察问我："那你要不要到派出所落案？"

"不，你陪我叫辆车便可。"我索性跟着警察走，趁警员不在意，向小杨眨眨眼。

我脱了身，心中丝毫没有快意。

没想到文思把我失踪的事告诉了朋友。

其实他自己也快回来了吧。

一问就可以知道。滕与我联络时我提到这一点。

"不关你事。"他说，"对你来说，左文思这人不再存在。"

我说："你很少会这么维护一个人，如母鸡保护小鸡似的，不知就里的人，还会以为他是你的儿子。"

他干笑数声："令尊大人对于厂价很满意。厂在亏本，又欠薪，能够卖出去，上上大吉。"

"你又发了一注，"我指出，"厂的订单一直接到明年九月，我们只是周转不灵。"

"啧啧,我希望能够邀请你做会计主任,你很精明,韵娜,比你父亲能干。"

"请勿侮辱我的父亲。"

"对不起。我只想知道,你对这件事,是否满意?"

我据实说:"满意。"

"记住我们之间的条件。"

"你太不放心了,滕先生,你越是这样,我的疑心越大。"

他又干笑,真仿佛有什么把柄抓在我手中似的。

随后没多久,左淑东找到了我。

这座城太小太挤,如果要找一个人,应不费吹灰之力。

她来按铃,我刚巧在家,措手不及,你不能叫她在门外站三个小时吧。

她仍是那么美艳,裹着冬装,一张面孔擦得似水磨大理石,她一见到我便说:"王小姐,文思找得你好苦。"

我只好请她进来坐。

她怔怔地看着我有好几分钟,我不由得羞愧起来。

"文思身在欧洲,日日打三四个电话来叫我帮他追查你的踪迹,他都快疯了。

"我与他姐弟一场,一辈子也没讲过这么多电话。半个

月后，我只好求助私家侦探，幸亏他有的是你的照片。"左
淑东说。

我有口难言，轮到我呆呆地看着她。

她嘴唇画着优美的唇线，深红色的口红填得又厚又匀，
像着色画似的，一张嘴似有千言万语要说。

她问我："文思说他到欧洲后就同你失去了联络，究竟
是不是真的？"

"我们……"我结巴地说，"已经完了，我另有新欢。"

左淑东笑出来，我从没见她笑，她笑起来的样子完全
不同，非常媚人。

"我不相信。"她摇摇头，"你要打发我，还得以别的
理由。"

我又犯了错误，她能嫁给滕海圻，就不是省油的灯。
我张大嘴，不知说什么才好。

"你改变主意了？"她问。

我点点头，自知说不过她，干脆点头摇头作答。

"这又是为什么？"

她的声音非常婉转迷人："你同他这么相配，他又那么
爱你，为了你，他简直变成另一个人。两个人走得好好的，

已经订婚了，怎么生出这种事来？你说给我听听。"

我无言，无助地看着她。

"我是姐姐，我有权知道，我不愿看着你们两个人散开，到底有什么不开心？我能否帮忙？"

我想很久："你会不会相信是我父母嫌他不是大学生？"

左淑东摇摇头。

"我们个性不合。"我低下头，"我太强。"

"他这样迁就你，他需要你。"

我心内亦隐隐作痛，长长叹口气。

"我看你，也是万分不情愿。"

我没有回答，目光落在自己双手上。

"是为钱吗？我手头上还有一点，你尽管说。"

我很感动，握住她的手。左淑东的手，冷而且香，血红的指甲修得异常精美。

我忽然知道左淑东像什么——她像云裳公司的石膏模特，无懈可击，但不似有血有肉。

她这样爱文思。

"为我弟弟，"她说，"我可以做任何事。"

我张开嘴，又合拢了。

"你觉得奇怪吗？"她自嘲地说，"他恨我，我却爱他。"

我清清喉咙："世事若都是你爱他，他爱你，也未免太乏味了。"

"他不原谅我，因我甘为一个老翁之妾十六年。"左淑东说道。

我一怔，没想到她会对我如此坦白。

"我也是为生活，"她说，"当年我二十一岁，他十二岁。当然，如果只做工厂女工或是写字楼派信员也可以活下去，但我没有选择那条路，文思一直不原谅我。"

她声音很苦涩。

我问："那老头，过世了吧？"

"没有。"

"啊？"

"三年前他放我出来，给我一大笔钱，叫我去嫁人。"

"他是个好人，有智慧有善心。"

"是，但文思始终认为他是个老淫虫。"

我微笑："文思的世界是明澄的，黑是黑，白是白。"

左淑东牵牵嘴角："你对文思有帮助，他需要你。"

我又问："你怎么会嫁给滕海圻？"

"啊，你认识他？"淑东很是意外。

我仰仰脸："听说过而已。"

"我有钱，想嫁人；他是男人，等钱用，那还不足够？"

"他等钱用？"我意外。

"当时他很窘，现在又翻身了。"她停一停，"文思对这个姐夫，较为满意。"她说得很无奈。

我知道，滕海圻同文思相当亲厚。

"是他捧红文思的。"左淑东说。

"文思有才华。"我提醒她。

"我想是的。他一直不肯用我的钱，一直在外流浪，他甚至不肯承认有我这个姐姐，"左淑东说，"我只好暗地设法帮他。"

"现在情况应当好多了。"我安慰她。

"我求你不要离开他。"她双眼润湿。

我疑窦顿生。为姐的哀求我不要离开他，付多少代价都肯；姐夫逼我离他，也是多少代价都没问题。

"为什么你要挑上滕海圻？"我越问越深入。

"很简单，贪心的男人并不多，"她感慨，"只有他肯娶我，所以便嫁他。"

"谁说的？你那么美丽，一定有许多男人求之不得，你太心急了。"我说，"况且，我相信是他先追你。"

她意外："只有你为我说话。"

我拍拍她手臂。

"那时他刚离婚，太太下堂离去。据说因他有外遇，闹得很不愉快，前妻带走他大部分产业，他几乎不名一钱。"

我静静听着。

"我对生活的要求极低，从没希企在婚姻中得到幸福，但我很努力生活，我惯了。"她美丽的面孔是静止的。

"你应当得到更多，"我说，"但你此刻有钱，也应满足。"

"是，"她露出一丝笑，"文思不知道，他的店址，其实是我的产业。"

我笑着摇摇头："文思是纯洁的兔宝宝。"

左淑东忍不住："你这么爱他，为何要与他分手？"

"可是我们生活中，除了男女之爱，还有许多其他。"

"我说不过你。"

"为什么告诉我那么多？"我问。

"若要人向你坦白，自己先要向人坦白。"她机智地说。

我不予置评。

"我觉得与你谈话，可以毫不费劲地沟通，相信文思也有同感。"左淑东说。

我不出声。

"别让我白费唇舌。"她恳求。

我反问："你不会告诉文思，我住在这里吧？"

"我当然会告诉他。"左淑东不假思索地说。

"你太不够朋友。"我懊悔，"我又要找新的地方住了。"

"就算你已另结新欢，也得亲口告诉他，一走了之不是办法。"

"他什么时候回来？"

"后天。"

我长长叹息一声。

她取过手袋："我看我要走了。有什么事，不要迟疑，立刻找我。"她给我一张名片。

我一看名片，马上呆住，上面写着起码五六间本地著名精品店的招牌，而左淑东正是老板。

"哗，有眼不识泰山。"

她笑笑，扬长而去。

我用手揸着那张名片，特别觉得寂寥，当然我想念文思。我食而不知其味，体重锐减，晚间不寐，心神恍惚，当然我想念文思。

但我有经验，我知道这种痛苦可以克服，假以时日，我会痊愈，更大的创伤都可以恢复过来。这世上原有比儿女私情更重要的事。

我一直坐在沙发上，直到天黑。

姬娜已习惯我这副德性，她把我所织的毛衣在身上比一比，"快好了。"她说，然后自顾自地去活动。

我听见她扭开浴室的小无线电，先是听新闻，后来唱起歌来，十分悦耳。

姬娜每日回来，总要在浴室逗留很长的一段时间：洗头、淋浴、敷面膜、做足部按摩、修指甲，视为一种最大的享受，每天当一种仪式来办，永远修饰得十全十美。我觉得她伟大得很。她在做这些事情的时候，我通常躺在沙发上，动都不动，像只懒狗。

十年来如一日，姬娜对于美的追求，持之以恒。

姬娜终于弄好了，裹一条大浴巾出来，看见我，很讶异："今日姑丈请客，你还不去？"

我说："他请的是祝氏夫妇，我不方便去。"我说："那位中年太太，对我没好感。"

"老躲在家中也不是办法，文思回来没有？"

"我怎么知道？"

"明明已订婚，怎么一下子若无其事了？"

"开头就是我一厢情愿。"我打个哈欠。

扭开电视，可以不必再想对白。

"看见你的例子都怕。"她说。

我转过头去，说："咦，可是有男朋友了？"

"走来走去都是这几个。以前放假还有人回来，现在更不用想他们会为谁留下来，哪个女的肯送上门去提供免费娱乐，那还是受欢迎的，不过想借此一拍即合，步入教堂，未免痴心妄想。"

"有妄想才好，日子容易过。"

"可是怎么下台？"姬娜紧张。

"跳下来。大不了扭伤足踝，谁会注意？谁会担心王韵娜嫁不嫁给左文思？"

"我。"她说。

毫无疑问，还有滕海圻与左淑东两夫妻。

姬娜问："你会不会嫁一个很普通的人？"

"要看他对我好不好。"

"若非常好呢？"姬娜问。

"没有家底、没有文凭、没有护照、没有房产、没有事业、没有积蓄，什么都没有的人？"

"嗯。"

我问："你会爱上那样的人？想想清楚。阿姨会给你妆奁？你打算用在小家庭了？"

"我没有说是我。"她辩说，"你怎么搞的？"

"我与你结婚的时候，父母亲充其量送一套首饰及一条百子图被面，余下的就要男家负责。除非你自己有办法，否则只好现实一点。"

"为什么婚礼都那么铺张？"姬娜不服。

"没有人说婚礼，结婚不需要钱，可是婚后生活需要生活费，置房子家私用具已是天文数字，还有开门七件事，请一个用人，买一辆车，年头那张税单……哇，"我笑起来，"你真想过了？"

姬娜说："太惊人了。"

"结婚很烦的。"我翘起腿，"光为钱还不行，还得有感情，你看我妈妈，当初嫁到王家，何等风光！世家子弟，要钱有钱，要人有人，两个人又恩爱，谁知三十年来，一直走下坡路，自太子道老花园洋房一直搬到今天那么差的地方去，就快要住南丫岛了，幸亏她爱他，不然苦都苦煞了。"

"他们俩真是恩爱。"姬娜承认。

"如今还出去烛光晚餐呢，母亲打扮起来尚颇为动人，父亲欣赏她的神情，犹自把她当心头肉。若没有他们做榜样，谁还信男女之爱？"

"真的，真没话说。"姬娜不停地点头。

"说到这里，"我笑笑，"又觉得钱并不那么重要了。"

"以子之矛，攻子之盾，如何？"姬娜白我一眼。

"我知道母亲最后一件值钱的首饰都卖掉了。那串玉珠你还记得？才卖七万块，转一转手，那些奸商赚十倍二十倍。"我感慨地说，"现只剩两三个钻石手镯，说留给我，我还不要呢，石头小得看不清。前些时候，文思拿来的订婚指环，老贵的价钱，只三粒钻，那可真的得用放大镜，我才知道时势不一样，连忙多谢母亲的大礼。"

姬娜笑："可记得她年轻时的耳环？都白豆大小，一串十来颗，真是晶光灿烂，货真价实。难道都卖了？"

"不要说这些，就连那自祖父手里传下来的红木家具也全自动消失，还有客厅挂的一些字画、娘姨车夫，都不复见，真厉害。"我摇头叹息，"兵败如山倒，听说那时候祖父南下，金条用肥皂箱子载着，挑下来，数十年间，全部用光。"

我们竟说起王家当年盛况来。

姬娜说："姑丈最喜欢到丽池跳舞。"

"可不是。"我微笑，"游完泳跳舞，母亲爱梳马尾巴，穿三个骨裤子，长得像林翠。"

姬娜拍手说："都说我妈像尤敏呢。"

我叹口气："别说了，睡吧。"

"你记得他们的红色 MG[1] 跑车吗？"姬娜问。

"睡吧。"

"真难睡得着。那时的女人都不用工作，现在除了几个首富的千金，女人都得自个儿闯世界，丫鬟般贱。"她托着头。

我不出声。

---

[1]　MG：名爵。

"还有，文思那么好的对象，你不要，我去追求他。"

谁不怀旧。

以前的日子任性散漫，不计工本，衣服每件用手洗烫，女孩子们千娇百媚，家家有娘姨，去一次欧美才稀奇，那经历真的每个人都爱听。

现在？什么都讲效率、实际，成则为王，败则为寇，天晓得。

像左淑东，她除了钱，一无所有，但一个人不能拥有一切，她也算是得到补偿了；而母亲，她的感情生活无懈可击，但是她要陪着父亲吃苦。

她们至少可以得到其中一样。我与姬娜，看样子什么都得不到。

姬娜问："你睡着没有？"

我不去回答她。

我想不顾一切，与左文思逃到欧洲的小镇去，好让人一辈子找不到我们。

但何以为生呢？文思的根在这里。他的事业与他的名气到了异乡都不能施展，叫他这样牺牲是没有可能的事。

忘记他吧。

我蜷缩在沙发上，梦里不知身是客。

第二天去探访父母，只见妈妈在厨房洗菜。

我问："老莫与菲佣都辞退了？"

母亲点点头。

我低声咕哝："我想回去。"

"你父亲需要你。"

"几个月来一事无成，这里的气候不适合我。"

"罗马不是一天建成的，你父亲恢复得比想象中快，你可以再找一份工作。"

我不响。

"都说回来第一年最辛苦，以后会习惯的。"

我帮她洗碗。生活的循环便是吃了洗，洗完又吃，吃了再洗。

"这样吧，再过半年看看，真正不高兴，再走也不迟。"她停一停，"文思几时回来？"

"我们早完了，你没告诉父亲？我现在另有男朋友。"

母亲不出声，抹干手，又忙别样。

这样子不到几个月，她就蓬头垢面，满身油烟。我很不忍把我个人的烦恼再加诸她身上，决定自己处理。

"我明日去见工。"我说。

"这种时候，找得到工作吗？"

"六折算薪水，总有人要吧，哪儿有卖不出去的东西？减价就行。"

母亲摇头苦笑。

当夜我与姬娜约法三章。

"本来我应当搬出去，但身边没钱，左文思可能会找上门来，你若透露我住这里，就一辈子不睬你。"

"你们俩做什么戏？"姬娜笑眯眯，"何必给他脸色看？"

看样子她不肯合作，我只好向她说老实话。

"我不能再跟左文思在一起了。"

"为什么？因为他忘记自欧洲寄花给你？"

"姬娜，你准备好了吗？"我冷冷地说，"听着，因为他的姐夫是滕海圻。"

姬娜呆住，接着尖叫一声。

"你还不为我守秘密？我已经受够了，不想与姓滕的人再发生任何关系，明白吗？"

"韵娜，你太倒霉了！"

"是的，我的确就是那么倒霉。"我红着眼睛。

姬娜与我紧紧拥抱。我心如刀割，犹如哑巴吃黄连，千般苦都说不出来。

好不容易我俩才睡熟，门铃在半夜却震天地响个不停，我们两个人从梦中惊醒，一时间以为是火警。

姬娜在揉眼睛，我心思一动。

"如果是左文思，"我说，"打发他走，我躲到衣橱里去。"

姬娜走出去开门，我连忙往衣柜里藏身，蹲在衣堆中。

"谁？"我听着姬娜问。

"左文思。快叫韵娜出来！"

"她不在，她老早回纽约去了。"

"有人前天还见过她，快开门。"

"告诉你她不在。"

"我不相信。"

"凌晨四点十五分，你想怎么样？"

"我知道她在你这里，让我进来查看。"

"好笑，我为什么要让你查我的家？"

"姬娜，我们至少也是朋友。"

"你说话太无礼了。"

"姬娜，你不开门我就在门口站一夜。"

"好，我让你进来看。文思，你越是这样吓人越是没用。她早知道你会找来这里，已经回纽约了。"

我听到开门关门的声音。

约有五分钟的沉默，文思显然找不到人。

"要不要咖啡？"姬娜问。

文思哭了。

不要说是姬娜，连我在衣柜里都手足无措。

"你一定知道她在哪里。"他声音呜咽。

姬娜硬着心肠："文思，天涯何处无芳草。"

我闭上双眼，眼泪噗噗地落下来。

他就坐在衣柜处的床头上。

"她有心避开你，你找到她也没用。"

"我走的前一日还是好好的，"他急问，"到底发生什么事？"

"文思，我明天还要上班。"姬娜要打发他。

"姬娜，你一定要帮我。"他似乎拉住了她。

"感情的事，旁人怎么帮忙？"姬娜反问。

又是一阵沉默。

我在衣橱中僵立久了，双腿渐渐麻痹，真怕会一头自衣柜中栽出来。

"回去吧。"

文思不出声。

"我很疲倦，文思，你当是同情我长期睡眠不足吧。"

文思再也坐不下去了，只得由姬娜送他出去，在门口他们叽叽咕咕又谈很久，我一直忍耐着。

姬娜把门重重地关上，回到房里，"可以出来了。"她说。

我四肢麻痹，动弹不得。

她拉开衣柜："你怎么了？"

"没什么。"我低声说着爬出来。

"我以为你闷晕了呢。"她打着哈欠。

"谢谢你。"

"不用客气。"她坐下来，"既然他与滕海圻有那么亲密的关系，疏远他是明智之举。"

"你亦如此认为？"我如遇到知音。

"当然，"姬娜说，"天下男人那么多，我不相信人人同姓滕的有亲戚关系。与他的家人发生纠缠，怎么都过不了一辈子，避之则吉。"

我叹口气："睡吧。"

我们再进被窝。

姬娜说："文思待你，倒是真心。"

我不出声，紧紧闭着眼睛，欲阻止眼泪流出来。

"其实他只要稍微留一下神，就知道你在这里住。"姬娜说，"床上盖着两张被。"

"或许，他以为在这里留宿的，是你的男朋友。"

"去你的！"

我哭了一整夜，眼泪全被枕头吸去，第二日起来，一大片湿，沉甸甸的。

姬娜在洗脸，她说："没事不要出去，他一定会再来找你的。"

"我想避开他们。"我说。

"那倒不必。这个岛还不是他们的地方，有必要时，切莫犹豫，立刻报警。"

她匆匆忙忙穿衣服，抓起大衣，出门去了。

在楼下管理处，她打电话上来："不要开门，楼下有几辆形迹可疑的车子在等。"

"不会是等我吧？"

"又怎么见得不是等你？"

我只好在家看录影带。

此后每隔半小时便有电话打进来，我觉得很烦躁，左文思有什么资格骚扰我的生活，决定离开他便是要离开，他再痴缠也不管用。

到下午我实在烦不过，拿起话筒。

"我知道你还在。"是左淑东的声音，一本正经，像个抓到犯人的侦探。

我冷冷地说："请不要再骚扰我。"

"你总得见文思。"她非常固执。

"左小姐，我一直把你当朋友，不想翻脸，你也不要逼我太甚，为什么一定要让我下不了台呢？你侵犯我的生活，我随时可以报警。"

她沉默，大约也知道自己过分了。

"我不是小孩子，我懂得该做什么，不该做什么。"到这里我的口气已经非常强硬。

她说："但是道义上你应当与文思解释一下。"

"我不爱解释。道义上要做的事太多，我没有兴趣。"

"你何必故意硬起心肠呢？"她还想挽回。

"我有事，就这样，请不要再骚扰我。"

电话铃总算停止了，没想到左淑东这个人平日斯文，有事时可以做得这么彻底，她并不是个好相处的女人。

以火攻火。我同自己说，这是唯一的办法。

我找到滕海圻。

他说："文思回来了，你小心行事。"

"我没问题，但有人一定要逼我亮相，与左文思重修旧好。"我说。

"谁？"滕问，"你父母？"

"左淑东。"

"什么？"他跳起来。

"你管教管教令夫人。"

"她认识你？"不知为何，滕的声音发颤。

原来他也有害怕的时候。

"不，她只知道，我是文思的女朋友。"我说，"但是她很过分，派私家侦探盯我，将我的住所报告给左文思，整日纠缠我——这是怎么回事？为什么你那么急于要我离开文思，而她那么急于要我与文思重修旧好？"

"这事交给我，你马上搬走。"

"搬家要钱，滕先生。"

"我给你。"

"我才不要你的钱，你叫左淑东不要再烦我就是了。"

"她到底知道多少？"滕更着急。

"你问她好了，你是她丈夫。"

"最好的方法是——你回纽约去，我愿意资助你。"

"我不需要你来支配我。"

"出来，我想与你谈谈清楚。"

"滕海圻，你没有权命令我往东或往西，你们两夫妻都有点毛病，你以为我仍是你手指下的一枚棋子？"我光火，"别再烦我，这是我唯一的要求。"

姬娜下班回来问我发生过什么。

我回答什么事也没有。

我愿意独自处理这件事。

能够回纽约也好，只是不能要滕海圻帮忙。

真没想到刚挣脱一张网，又投入另一张网。

我抱着手臂坐在电视机前，什么都看不进去。

姬娜说："你要再咬手指，十个手指头快掉下来了。"

"啊？"我问。

"可怜的韵娜。"

"可怜？许多人以享受不到如此错综复杂的感情为憾。"我强笑。

"见工成绩如何？"姬娜又问。

"我穿了两只颜色相异的同款鞋子去见工，一红一绿，人家见了，你说还请不请我？"

"也许人家认为此刻流行这样。"

"人家需要的是会计师，不是小丑。"

我踱到窗口去，往楼下看。

虽然大厦高达十来层，楼下的风景还是一清二楚。

天空的一角是深灰色，令人非常消沉。

我留意到街角有一个男人站在那里等车，站了好久，空车一辆辆开过，他仍旧不动。大约是等人，我想，如今也很少有人肯站在那里等女人了，一等就大半小时。

"出去吃碗面如何？"我问姬娜。

"你居然有胃口？"

"有，把忧虑在食物中溺毙，是最佳措施。"

"那么还等什么，请呀。"

下楼来，我们刚想过马路，姬娜便低呼一声，拉紧我，用手一指。

我随她手指方向看去，看到文思靠在街角，向我们看来。他穿着灰色裤子，灰色外套，我发觉正是我自楼上看到的那个男人。

他不知道已在这里站了多久。

姬娜欲迎上去，我拉住她："别理他。"

"韵娜——"

"放心，他不见得会在此地站一辈子，"我说，"我看他不会就在此落地生根。"

"你要打赌？"姬娜问，"别太没良心，我跟他去说几句话。"她给我老大的白眼。

"不准！"我急起来。

"奇怪，我爱同他说话，是我的事。"她自顾自地过去。

我顿足。

女人都这样，只要男人送一束花来，略站着等一会儿，就立刻心软，坏了大事。现在等的还不是她，要她瞎起劲做什么？

我站在一角等姬娜回来，故意不去看他们俩。

幸亏隔五分钟，姬娜回来了。

我扬手叫一部车子。

司机问："到什么地方去？"

我说："市中心。"根本忘记出来是为了什么。

姬娜说："他说他会站在那里，直到你同他说话为止。"

我说："路不是我的，他爱站就站个够。"

"你这么铁石心肠？"姬娜责怪我。

"你不也赞成我与他分开？"

"但他是无辜的，你们至少还可以做朋友。"

"做朋友？"我冷笑，"真的吗？真的可以那么大方？你认为你做得到？"

姬娜叹口气："你真残忍，你要他一直等下去？"

"我没有做出过任何类似的要求。"我板着面孔。

"如果我们回去的时候，他还站着，怎么办？"

"马路又不是我的，我管不了。"

"韵娜，其实你心如刀割，是不是？"

"你闭上尊嘴好不好？"

姬娜悻悻然不出声。

我懊恼得吐血，还吃什么面？根本食而不知其味。

那日我们两个人故意在闹市中大兜圈子，逃避现实。

天气坏，开始下毛毛雨。姬娜横我一眼，我假装没看见。文思不会那么笨，他自然会找得到避雨的地方。

我们走得筋疲力尽，姬娜咕哝着说不但脚不行了，鞋子也泡了汤。

但是回到家，我们看到左文思动也不动地仍站在路灯下。

我几乎要尖叫起来。

姬娜立刻撇下我走到左文思跟前去。

我不顾一切地上楼。心一直跳得似乎要从口腔里跳出来。太可怕了，文思怎么会这样？

姬娜跟着上来，狠狠地责备我，我闷声不响地坐着，做一个罪人。

过不多久她到窗外张望，说道："好了，小杨来了。"

我忍不住也去掀开窗帘看。

果然看见街角有两个人站着，一个是小杨。姬娜喃喃自语："真伟大，怎么可以站那么久不累？爱情的力量真是不可思议。"

再久些不知会不会有更多的人来陪左文思，也许他们会搭起帐篷，就在街角那里聚居，烧东西吃，听音乐，从此发展成为一个小镇。

文思实在太愚蠢，但我根本想不出有什么办法可以使他离开。

也许滕海圻可以来把他接走。

也许警察会劝谕他离去。

小杨上来，向姬娜借一件比较暖和的衣服。

我听见他同姬娜说："他不肯走，除非韵娜叫他上来。"

"那么你去请他上来，叫他喝杯热咖啡。"

"他不肯。"

"我替你装一杯下去给他。"姬娜说。

我知道在这个时候心肠一软，就前功尽弃，因此熬住不发一言，双目盯住一本诗集。

"不用了，我看他熬过今夜，一定会倒下来的。"小杨愤愤地说。我知道他巴不得放飞箭射杀我。

"你叫他走吧。"姬娜说，"我不信他是铁打的，这样站到几时去？韵娜是不会软下来的，我太清楚她了。"

"韵娜，你跟我说清楚，我好叫他死心！"他过来抓住我的手臂。我用力甩开他："叫他死心。"

"死你也让他做一个明白鬼。"小杨怒气冲天。

"这么简单的一件事，怎么会被你们弄得那么复杂？这是我与他两个人之间的纠纷，你们别理闲事好不好？"我大声叫，"滚，滚！"我的声音颤抖着，眼泪汨汨而下。

小杨逼我："为什么你要使文思痛苦，自己也痛苦？"我伸手抹去眼泪，背着他们良久，转过头来，我说："我出去住。"

"韵娜，算了，你饶了自己吧。"姬娜说，"外人不明白，我是明白的，你同文思去说一声，叫他死了这条心。"

"不去。"我回房间去。

"你这个不可理喻的女人。"小杨气愤地离开。

我躺在床上，太阳穴炙痛，整个人如置身在火里，唇焦舌干，心中实在说不出地苦。

隔许久许久，姬娜说："他还在那里。"

我不答。

姬娜又说："下雨呢。"

我不响。

"下大雨。"姬娜加重语气，"他成为落汤鸡了，恐怕会得肺炎。"

我实在忍不住，霍地站起来，顺手抄起一把伞，便冲下楼去。

他看准我一定会下去见他。

姬娜说得不错，是下大雨，文思仍然站在那里，瘦削的影子如鬼魅，我并没有与他说话，叫了一辆计程车，叫司机开到父母家去。

我不要看。

眼不见为净。

不然的话，他不生病，我倒是真的病了。我不信他会找到这里来，这段日子一定要忍下来。

文思没有。滕海圻却找到了我。

他咬牙切齿地骂我："你会落蛊还是怎么的？害得左文思这样子，他一直病到如今！"

我立刻放下电话。

全世界都把我当罪人。我不知从什么地方激发一股勇气，觉得这是去见左文思的时候了。

我们两个人都被折磨得不像样，我认为我要同他摊牌，他要做个明白鬼，就该让他知道因由。

我在路上下定决心，握紧拳头冲上去，心头热烘烘的。

这条熟悉的小路，这座老房子，我努力一步步爬上楼梯，他住在三楼，我知道。

我伸出手来按铃，又怔住。

告诉他我的过去？我迟疑。

我蹲在他门口，很久很久，没有动作。

有女佣出来，看到我，吓一跳："你，你是什么人？"

我凄苦地掩住面孔，不作答。

我是什么人？我是天涯沦落人。

"快走快走，不然我会报警。"她以为我是乞丐、流浪汉。

真是报应。

"我走，我走。"我站起来。

女佣没想到我身形那么高大，再加上面容憔悴，尖叫起来，逃回屋内。

我呆呆地站一会儿，也觉害怕。

我是怎么跑来的？我答应滕海圻要离开文思，如果我食言，他会杀掉我，我保证他会。

我被寒冷的过堂风一吹，清醒过来。

我转身就走。

伍.

我多么想转身逃走,
但是双腿不听使唤,
犹如被钉在地上,
我背脊爬满冷汗,
我似站在卧室门口已一个世纪,
但是我知道不过是数秒钟的事。

"韵娜。"是文思的声音。我僵住,缓缓侧过头来。

　　"韵娜,真是你?"他问,"这真是你?"他扶着我肩膀,把我身子扳过来:"你来看我?"

　　我与他打个照面,吓一跳,这是文思?双颊陷进去,眼睛通红,头发长长,脸色灰败,我几乎都不认得他了。

　　"我的天,"他说,"韵娜,你都变成骷髅了,怎么这么瘦这么黄?"他沙哑着声音。

　　我怔怔地看着他,他也看着我。

　　"进来,韵娜,进来。"

　　我摇摇头,挣脱他的手。

　　"你有什么难言之隐?不妨同我细说。"

　　我还是摇头。

"我要走了。"我的声音亦是干枯的，喉咙如塞满沙子。

"这是我这里的门钥匙，欢迎你随时来。"

我摇头，手一摔，那钥匙落在地上。

"韵娜——"他走近我。

"你让我再想想清楚。"我说，"我要再想一想。"

他拾起钥匙："我把钥匙放在这条门毡下，你随时可以来。"

"太危险了。"我说，"钥匙不要随处搁。"

"没有关系，我家里什么都没有。"

文思苦笑说："记住，韵娜，这扇门永远为你开。"

我惨笑，奔下楼去。

文思没有追上来。他只是在露台上张望我。他不但喜欢我，而且容忍我，他知道对我不能操之过急。

我找出左淑东的名片，与她约时间，要求见她。

我需要她的意见。

她见到我大吃一惊。

"韵娜，这是你？你把另一半体重投到什么地方去了？"

我喝着咖啡，有点瑟缩，往日穿这件大衣已经足够，现在仍然觉得冷，大约是瘦得太多的缘故。

她说："有两种人减磅最快，如有神助。第一种是癌症患者，第二种是感情失意者。"

我嗫嚅问："你认为，我与文思，是否还有希望？"

左淑东握紧我的手："当然，他一直在等你。"

"我有我的苦衷。"我说。

"为什么不说出来大家商量一下？"

"我不是一个纯洁的人。"我遗憾地说。

"你不会比谁更脏。"左淑东诧异，"你怎么了？你不像是这么盲目的人。"

"我欠人一大笔钱一个大人情。"

"有必要还便还清债务，没有必要便赖债，我可以帮你。你欠谁的？"

"一个很可怕的人。"我哆嗦着说。

她一直握着我的手，使我手暖和。

"他是谁？"左淑东问，"我不信他有三头六臂。"

我不响。

"是他欠你，抑或你欠他？这里面的分别只有一线之隔，很多欠人的人自以为人欠他，又有很多人无端地以为欠人一大笔债要偿还，你搞清楚没有？"

"你会帮助我吗?"我问她。

"我会尽一切力来帮助文思,所以我也必须帮你。"

"为什么?"我问。

她凝视我,隔一会儿才说:"很好,在这种情况之下,你还怀疑我的动机。"

"对不起,我不得不小心一点。"我说。

"你已经一无所有了,韵娜,何必还疑神疑鬼?"左淑东讽刺我。

我微笑说:"不,我还年轻,我有时间,我不如你们想的那么绝望。"

她半晌才点点头:"好,好得很,你很强悍,文思需要的正是你这样的一个人。"

"那么说呀,为什么帮我?我与文思在一起,对你来说,有什么好处?"

她思考一会儿,答道:"我爱我兄弟,看到他快乐,我也快乐,他与你在一起很好,所以我要帮你。信不信由你。"

"我相信你爱文思。"

"那足够没有?"

我点点头。

"你愿意见文思？"

"我内心还是很矛盾。"

左淑东叹口气："充其量不过是你以前有过一个男人，何必这么狷介？"

我很苍白："你们太豁达而已。"

"你不是说过你有的是时间吗？"

我双手抱在胸前："是，这是我唯一的财产。"

"让我去告诉文思，你愿意见他。"她征求我同意。

"好的，请说我在考虑。"

"你们两个人此刻都似纳粹集中营中历劫余生的囚徒，皮包着骨头，双目深陷空洞绝望。"

爱的囚徒。

父亲一直问文思怎么不再上门来。

母亲跟我说："姬娜今天会带男朋友上来。"

"她？男朋友？"我愕然。

"是。"母亲说，"没想到吧？论到婚嫁了呢。她母亲不十分喜欢这个男孩子，嫌他穷，但又不想姬娜再蹉跎下去，所以——"

"人品好吗？"我问。

"同姬娜差不多年纪，很单纯的一个男孩子，只有一个姐姐，他自己是个大学生。"

"姬娜并没有直接向我提过这件事，只是间接地说过。"

"姬娜心头是高的，恐怕有点愧意。"

"那就不对，不以一个人为荣，就不能与他在一起。"

"恐怕她已经克服了这一点，不然不会拉他来吃晚饭。"

"我要见见这个男孩子，她有没有说不准我在场？"

"不会吧。"妈说，"最好你把文思也叫来。"

我不出声。

"你若喜欢他，就不必理会他是谁的亲戚。每个人都看得出你已不似人形。"

"妈——"

"你与滕海圻已没有瓜葛，你可以将事情向他坦白，我相信他并不是那么小气的人，现在这种事稀松平常。"

我还是不出声。隔一会儿我问："我们做什么菜请姬娜？"

"我会弄什么菜？不过是那几样最普通的。"母亲说，"我很想看到她的男朋友。"

姬娜在四五点钟时来到。很客气，带来许多糖果点心。

看得出都是她的主意，因为她的男朋友最老实不过。

他长得是那么普通，四平八稳的一个人，平凡的五官，中等身材，一点性格都没有，唯一明显的可取之处是他的整洁。

这样一个人，到任何地方都可以找到一千个。我猜他是教师，姬娜揭露说他是公务员，像得很。

他姓张，叫建忠。

真妙，人如其姓，成千上万的中国人都姓张，他不会寂寞。

坐下来吃饭的时候，我发觉为什么姬娜会把自己许于阿张。

他事事以她为重，他不但尊重她，简直视她为拱璧。她要坐，他便拉椅子，替她夹菜，替她倒茶，替她取牙签，而且阿张做这些琐碎的事做得极其自然。他的殷勤不肉麻，而且处处表露关怀之情。

我忽然觉得姬娜的眼光妙到极点。

真的，人长大了非要这样实际不可。

何必单为风光，见人欢笑背人愁。丈夫，最主要是对妻子好，不能托终身倒不要紧，现代女人对自己的终身早在筹谋，不必假手别人。阿张深爱姬娜，已经足够。

这个顿悟使我真正为姬娜高兴,神情形于色,她立刻发觉了。

饭后她把我拉在一旁感激地说:"你不讨厌他?"

"你运气很好,姬娜,他是一个正派光明的人。"

"但像木头一样!"

"他是一块爱你的木头。"我笑。

她也笑:"我们快了。"

"恭喜,"我停一停,"上次你同我说的那个人,就是他吧?"

"嗯。"

"你们会白头偕老的。"我预言。

"但是小时候的理想——"姬娜笑,"男伴要高大,英俊,有风度,有月黑风高的热情,有艳阳下激烈拥吻……"

我看她一眼:"你不是都试过了吗?你应当庆幸你没有嫁这等大情人,否则一天到晚穿着紫色的长披风拥吻,嘴唇会爆裂。"

姬娜笑得眼泪都流出来。

阿张诧异地说:"你们笑什么?"

我摊摊手:"你的女友听见打喷嚏声都可以笑十五分钟。"

阿张也笑。

"你现在明白了吗？是韵娜那张嘴厉害。"

我问："娶到美丽的姬娜，有没有光荣感？"

阿张腼腆地答："我毕生的愿望便是娶姬娜以及对她好。"脸上似有圣洁的光辉。

"太好了，"我拍拍她手臂，"我想母亲也会喜欢我嫁一个这样的对象的。"

"但是虞伯母不喜欢我。"老实人居然也告起状来。

"如何见得？"

姬娜带一分不悦的神色，她说："妈妈听完这话，冷笑一声，说道，'对老婆好要讲实力，不是嘴巴嚷嚷算数。'"

咦，姬娜也有道理。

"我会努力的，"阿张充满信心说，"我不会令她失望。"

"你倒是不必急急满足她，"我指一指姬娜，"你最重要的是满足她。"

姬娜忽然问："你呢？"

我变色道："别把我拉在内。"

"你的事，我全告诉张，他非常同情你。"

我立现愠色："你有完没有，我看你快要把这个故事唱出去了，或是以说书的方式宣扬。"

"韵娜，我们都是自己人。"

我拂开她的手，她有什么资格把我的私生活公开。

这时候我发觉张的第二个好处：他的沉着镇静。他连忙护住姬娜："韵娜，真是自己人。况且三个臭皮匠，抵得上一个诸葛亮，共同商计，总有个办法，是不是？"

他仿佛是正义的化身，那么诚恳，那么热心，我又一次感动，只好默不作声。

"左文思归左文思，"他说，"何必为一个不值得的人放弃值得的人，大不了欠债还钱，你担心什么？"

我呆住。

姬娜打蛇随棍上："你看你瘦多少，我告诉张，你以前是挺美的一个人。"

我哭笑不得："你们也该走了吧？"

姬娜说："无端端地赶我们走，不如一起出去喝杯咖啡，把文思也叫出来。"

"我怎么叫得动他。"

"我来。"姬娜蠢蠢欲动。

我按住她："别疯。"

张看姬娜一眼，"那么我们出去散散心。"他对我说。

"我不去。"

"不去也要去。"姬娜来拉我。

"你别讨厌。"

"哼，爱你才肯这么做，不然谁耐烦来惹你讨厌，管你
是否烂成一摊脓血。"

我听了这话，觉得其中有道理，便披上外套，与他们
出去。

三人在咖啡室坐了良久，他们两个人虽没有当我面卿
卿我我，但眉梢眼角却如胶似漆，看在我眼里，高兴之余，
不免有所感触。

小时候我们都喜欢舞男式的男人。

最要紧是漂亮，甚至连长睫毛都计分，其次是要懂得
玩，开车游泳跳舞必须精，然后要会说话哄得人舒服。

阿张恐怕一项都不及格，但他比我见过的所有男人都
要好。

文思也好，我想到他。无论在什么情况下，他仍然是
温柔的。

喝着酒，我心暖和起来，神经也松弛许多。

结果他们说疲倦，把我送回家，放在门口，才开着小车子走。

我并没有上楼，趁着酒意，我独自散步，越来越远，忽然间，发觉自己已来到文思住的地方。

我走上三楼，他说他的门永远为我所开，我相信他，到了门口，我伸手按铃。

没有人应门，我转头走，随即停止，我蹲下掀开门毡，那把小小的钥匙果然还在毡下。

我拾起它，放在手心中一会儿。

本想放回原处，终于忍不住，把它插进锁孔，轻轻一转，大门随即而开。

我曾经数次来过这里，恍如隔世，其实只是不久之前的事。

他的屋子仍然老样子，有条理的乱，无数料子的样板摊在地板上。文思老说，他最痛恨一小块一小块的样板，看来看去看不清楚，所以厂家给他送料子，都是原装成匹地送到。

我穿过花团锦簇，但都是黑白两色的料子，来到厨房，想做杯咖啡喝，忽然听到人的喘息声。

不，不是人。

是动物，我凝住，怎么，文思养了一只狗？

我放下杯子追踪，喘息声自房内传出。

我犹疑一刻，轻轻推开房门。房内的情景使我化成石像。

人！是人，两个人。两个赤裸的人拥抱在一起，在床上。

我的心直沉下去。

文思另外有人，我慌忙地退出，想无声无息弥补我大意的错误。

床上两个人被我惊动，两张面孔齐齐错愕地向我看来。

我的目光不可避免地与他们接触，我如看到了鬼魅，脸上肌肉不受控制地抽搐跳动起来。

我多么想转身逃走，但是双腿不听使唤，犹如被钉在地上，我背脊爬满冷汗，我似站在卧室门口已一个世纪，但是我知道不过是数秒钟的事。

床上的人竟是文思与滕海圻。

我明白了，我什么都明白了。在那一刹那我什么都明白了。

他们的面色比我的更灰败。

终于还是我的身子先能移动，我眼前金星乱冒，耳畔嗡嗡作响，但是我没有尖叫，没有说话，我转身离开文思的寓所。

我不会相信，临走时我还替他们带上房门。

一切都已成为过去。

我的心出乎意料地平静。

原来是这样的一件事。

到这个时候，我终于决定回北美洲继续流浪生涯了。

这座城市的风水与我的八字不合。

连飞机票都订下了。

这次因为心念已决，一切默默进行，根本不需要任何人的意见，家人也看得出来，就不多言。

我忽然想结婚。把过去都塞进一间密室，紧紧关上门，永不开启，将钥匙扔到大海里，或是埋葬在不知名的墓地。而这一切都需要有人帮我。伴侣，像姬娜的阿张，一个宽容镇静的伴侣。

这次到北美，一定要专注地选择结婚的伴侣。

还来得及，抱定宗旨向前走还来得及。

我忙着添置御寒的衣物，完全像个没事人。

一直想买床丝绵被，加条电热毯，就可以过十全十美的冬天了。

那时拿了电热毯去修理，电器工人取笑我："蜜糖，你需要的是一个男朋友。"

我立刻答："但还是电热毯比较可靠。"

这天上街，左淑东的车子一直跟着我，她喜欢用这个方法，如果她是男人，怕也有女人上钩。

我假装没有看见，她下车来叫我。

我抬头，在街上，我对光，她背光，我眯起眼睛看她的面孔，吓一跳，她没有化妆，完全看不出轮廓，眉毛不存在，眼睛没有界限，嘴唇呈灰白色，皮肤的毛孔很粗，她张嘴同我说，要与我谈谈。

我很直接地说："我不能帮助他。"

"请你上车来。"

我不肯，司机把车子停在马路中心，后面一辆汽车拼命按喇叭，交通警察过来发告票。

她拉着我，我仍然说："没有人可以帮他。"

她嘴唇哆嗦："他是我唯一的亲人，救救他。"

"这是他的选择，你不必太担心。"

"不——"

警察过来说："请你们上车，车子必须驶离这里。"

我连忙抢前两步，挤向人群中。

"韵娜，"左淑东追上来，"他不是自愿的，他一直不是自愿的，他需要你。"

我不愿意再回想那丑恶的一刹那。

"文思现在很紊乱，他需要你。"

我不去理她，急步走，撇开她，我急急步行十分钟，再回头，已经见不到她了。

我松一口气。

我听人说，他们那种人很难回头，也没有必要回头，他们有他们的世界，自成一国。

我深深叹息。

姬娜来看我，替我添置些必要的东西，问我带走还是寄过去。

美国有谁替我收东西？都是要付税的，别天真了。

外国哪儿有人肯先替你垫钱出来，是爱侣又如何，那是一个爹亲娘亲不及钞票亲的国度。

那天晚上左淑东又出现了，她没有化妆的面孔有点像枉死的女鬼，更可怕的是左眼肿如瘤，一圈青紫蔓延至颧骨，分明是给谁打了一记。

姬娜在街角见到她，一声短促的尖叫，问我这是谁。

左淑东过来拉住我："我同他摊牌，如果他不放过文思，我会同他拼命。"她声音焦急，有点混乱。

这个他，自然是滕海圻。

我不要听。

"你真是置文思不理？"她声嘶力竭。

"文思怎么了？"姬娜问。

左淑东说："他把自己锁在房内已经好几天不出来了……"

我开口："我自顾不暇，顾不到他。"

"韵娜。"姬娜叫住我。

左淑东的眼泪滚下来："我不该瞒你，我该向你说明文思是那种人，但是没有勇气。好几次，他同我说，要与你结婚，要从头开始。"

"他永远离不开滕海圻。"

"你怎么知道？"

"你离得了他吗？"我反问。

"你怎么知道？"她退后一步。

"我当然知道。"我说。

"你究竟是谁？"她颤声问道。

我伸出手腕："看到没有，我为他，伤成这样子。"

左淑东惊呼一声，她面色大变。我可怜她，同她说："我不会再与那个人斗，我也是他手下败将。"

我拉着姬娜走。

姬娜一肚子疑窦，只是不知如何开口。

我与她在茶室坐下，我叫一客冰激凌，吃到一半，忽然反胃，顿时呕吐起来，我呕了又呕，把餐厅领班都惊动，以为食物有问题。

姬娜扶我到洗手间清理身上的秽物，然后到她那里休息。

我什么都没有说。

我怕同她说了，她又同自己人阿张说，阿张又同他自己人说。

自己人又有自己人，没到几天，全世界都晓得这件事。

姬娜问："那是文思的姐姐？"

"是。"

"谁打她？"

"不知道。不必替她担心，她很有办法，谁敢在太岁头上动土，那个人也不会有好日子过。"

"谁？"姬娜很紧张，"谁那么暴力？"

我翻一个身，不再理她。

"韵娜——"她着急。

"嘘，看电视，阿张一会儿就要打电话来了。"

姬娜拿我没法，只好气鼓鼓地对着电视。

我一直躺着，没有睡。

电话来的时候是我先听见，我以为是阿张。

姬娜匆匆地把话筒交给我："是你母亲找你。"

我担心父亲出事了，整个人跳起来。

"韵娜，文思在医院里。"母亲很慌张。

"谁通知你的？"我不很兴奋。

"他的姐姐。"

"他们一家人都很夸张。"

"不，韵娜，文思真在急诊室里，医生同我说过话，我求证过，你要不要去看他？"

"什么意外？"

"他自杀。"

"我马上去。"

我放下电话。

我闭上眼睛，眼皮是炙痛的，我看到滕海圻英俊潇洒的面孔凑过来，渐渐放大，模糊，忽然间他的面孔变了，变成三角形的毒蛇头，蛇身滑腻猩红，黏上我的面孔。那条狰狞的毒蛇的尖齿咬上我的肉，一口又一口，咬完一口又一口，我浑身刺痛，汗流浃背。

毒害完我，现在又轮到左文思。

我们一定要联合起来寻觅新生，一定要。

我赶到医院去。左淑东并不在。

我要求护士让我见病人左文思。

护士说："他尚未脱离危险期，你是他什么人？他不方便见朋友。"

"他的姐姐呢？"我焦急地问，"是他姐姐通知我的。"

"她自己也正接受治疗，刚刚替她注射过，精神比较稳定了，你可以见她。"

"好，请带我去。"

护士像是自尸体冷藏间里踏出来一般，冰冷地看我一眼，像是在说：我带你？你休想！

她开口："在四楼，407 室。"说完头也不回地走开。

我一时间找不到电梯，只得走楼梯上去，奔到第三层，胸部像是要炸开来一般，双腿发软，勉强再上一层，在长廊上找 407，终于看到门牌，似看到亲人的面孔一般，推门进去。

看见左淑东靠在床上。

她神色惨白，见到是我，伸出手来。

我让她握住手，她同我说："坐在我身边。"

我坐过去。

我问她："文思怎么了？"

她并没有答我，只是说："我们很小的时候，非常穷，什么都没有。我与文思都爱吃一种面包，当时卖三毛钱一个，外头有椰蓉，当中夹着很甜的奶油，但没有钱，经过店铺，看见小玻璃箱内装着这种面包，老站在那里看。"

我很焦急，我要知道文思到底怎样，而她偏偏跟我说不相干的事。

是医生替她注射后的反应，过度的镇静药物使她想起久久已经忘怀、藏在心底的往事。

"那店的老板是一个猥琐的中年人，他捏着我的膀子，另一只手拿着奶油面包，同我说，只要我肯听他的话，以后天天可以吃面包。我刚在踌躇，文思已经一把将我拉走，那年我十三岁，文思发出恶毒的眼神，我永远不会忘记。"

我的呼吸在这时也渐渐顺畅。

我柔声问："文思，他为什么要那么做？"

左淑东仍然不答我，她自顾自地说下去："他那种眼神，在我决定跟人同居时，又看到一次，充满怨毒，像是要喷出火来。"

我不出声。

她却紧紧地拉住我的手，长指甲直掐到我手腕的肉里。

我也不觉得痛，就是那样让她死命地捏着。

"但是为什么他又自甘堕落？我是为他，他又是为谁？我嫁给滕海圻，我付出代价，使滕帮他成名，一切是我安排的。他又为什么被滕海圻糟蹋？难道我们两个人真那么贱？命中注定，一定要活在阴沟里见不得光？"

我叹气："你休息一下，别想太多。"

她喘着气，她已经红肿的眼睛流出眼泪。

我问："文思到底如何？"

"他——"

这时有护士推门进来："谁要探访左文思？他可以见人了。"

"我。"我立刻站起来。

"跟我来。"护士木着脸。

我并不怪她，换了是我，我也看不起自杀的病人。世上有那么多人患有千奇百怪的绝症，想向上天多求些时日而不可得，偏偏有人视大好生命为玩物而自寻短见。

她与我走进楼下病房，"三分钟。"她吩咐我。

文思似蜡像那样躺着。

他割脉自杀。

同我一样。因失血过多而昏迷。危在旦夕。那一瞬间的勇气由极端的痛苦激起，觉得生不如死，但求解决。

"文思。"

他眼皮震动一下。

他连睁开眼睛的力气都没有。

我知道他听得到我说话："何必呢，文思。这世界原本由许多不一样的人组成，你不是第一个，也不会是最后一个，何必内疚？"

他嘴唇颤动，发不出声音来。

护士说："时间到了，明天请早。"

我在文思耳畔说："我明天再来，那些凶婆子要赶我走。"

他的手动一动，我紧紧握他一握。

出来的时候，姬娜把小车子开出来等我，阿张坐在她身边，我看看时间，凌晨五点，东方露出鱼肚白。

姬娜推开车门，我上车，坐在后座。我觉得要冻僵了，阿张立刻脱下厚毛衣，罩在我肩膀上，他的体温自毛衣传到我身上，我感激地看他一眼。

"他没有事吧？我们已向医生查过。"

我用手掩着脸，继而大力搓揉面部麻木的肌肉。

阿张自一个保温壶里倒出杯热茶："来，喝一口。"

我还没有见过这样周到的人，接过茶杯，不知说什么才好。

过很久，我说："为同一个人，同样的手法，同一只手。"

他们呆住，面面相觑，齐齐问："为同样的人？滕海圻逼他？怎么会？"

我咬牙说："他不是人，他是魔鬼！"

阿张向姬娜使一个眼色，暗示她不要再问下去。

但姬娜还是说:"一切要等文思康复才能问个仔细。"仿佛遗憾的样子。

我将阿张的毛衣扯得紧紧,萎靡得缩成一团。

蒙眬间想到当年走投无路,愤而出此下策,身子浸在滚烫的热水里,看着鲜血在水中漂起,如红色的云朵,良久都没有失去知觉,只有剜心的痛楚。

我一直后悔轻贱自己的生命,发誓以后都不会那么做。

我在心底把他们的关系整理一下。归纳的结论是如果要自杀,不如杀滕海圻。

七年前我真以为已经杀死他了,所以不得不与他同归于尽,文思,你又为什么要这样笨?

反反复复的思虑令我头痛欲裂,跌跌撞撞地倒在床上,面孔朝下,就这样待着。

我不换衣服也不想吃东西,累了便睡,睡醒便睁大眼睛,这叫作心灰意冷。等到可以起来,又去探望文思。

他比昨日好。

我说:"你看你多傻。"

他凄惨地笑,轻轻地说:"他不会放过我。"

"胡说,他没有这个能耐。"我安慰他。

"他手头上有录影带、照片……"文思轻声说。

他竟这么下流！我呆住。

"公布照片，我就身败名裂，再也混不下去了，这个弹丸之地，错不得。"

"他有什么条件？"我说。

"叫我离开你，韵娜，他要我离开你，"文思吃力地说，"叫我永远跟着他，我做不到，我实在不行，我情愿死，我……"他激动得很。

医生过来说："小姐，他今日情况不稳定，你下午再来吧。"

"文思，你休息一会儿，我再来。"

"韵娜……"他泪流满面，"韵娜……"

医生一定以为他是为我自杀，很不以为意地暗示我快快离开。

姬娜在门口接我。

我歉意地说："我一个人不上班，仿佛全世界人也得向我看齐似的。"

"这个时候，说什么客气话？"她不以为意。

"我忘记去看看左淑东。"我扶着车门。

"不用了，她已经出院，"姬娜说，"我刚查过。"

"她又到什么地方去了？"我怀疑，"她的情绪很不稳定。"

"别管她，来，我们去吃早餐。"

我跟着姬娜，一点灵魂也没有，如同行尸走肉。

"文思会康复吧？"

"身体会，"我说，"精神永不会。"

"经验之谈。"她点点头，"你们打算怎么样？"

我茫然不知所措。

"文思的性格太懦弱，对你来说，会是一个负累，你将为他吃苦。"姬娜说。

我不能趁他最低落的时候一脚踢开他。我说："他需要朋友。"

"最好能把关系固定在友情上。"

我诧异："这么理智的话都不像是你说的。"

"是阿张的意见。"

"我知道怎么做。"

"韵娜，你飞机票都买好了。"

"可不是。"但我已经决定不走了。

211

在饭厅坐下，我叫了一碟克戟[1]，把整瓶糖浆都倒在上面，成堆地推入胃中，那么甜那么腻，我忽然觉得充实，一切有了着落。

吃完之后我抹抹嘴站起来。

"你到什么地方去？"姬娜错愕地问。

"去找滕海圻。"

"韵娜，你疯了。"姬娜变色，一把拉住我。

"我没有疯，我并不怕他。文思是个有名气的人，他怕身败名裂，我无惧。"

姬娜说："我求求你，韵娜，请你冷静下来。"

"不，"我很镇静地说，"放开我。"我的语气严峻冷漠，姬娜不得不放开我。

我取出角子，用公用电话打到滕海圻的写字楼去，连我自己都惊异了，原来我一直记得他的电话号码，原来自上次查电话簿到如今，几个月间，我一直把这几个数字刻骨铭心地记着。

听电话的是他本人。据说现在流行没有架子，越是第

---

[1] 克戟：crepes，法式薄饼。

一号人物，越要表示亲善，以示标新，所以他不经过女秘书。

我说："我是王韵娜。"

他说："好哇，我也正要找你。"声音极其恼怒。

"出来谈谈。"我说。

他冷笑："约个地方见面如何？"

"好，到文思家里去，那里又静又方便，二十分钟后见。"我挂上电话。

姬娜在我身后，紧张地看着我。

"我不会有事的，"我握一握她的手，"你放心，"我笑一笑，"别以'风萧萧兮易水寒'的姿态看着我。"

我出门叫街车。

他比我先到，已在掏钥匙，我知道不能在这个关头示弱，也取出一把钥匙。

这对他来说，是意外，但他立刻啧啧连声："文思这个人，门匙乱给人，将来这所公寓变成以钟点出租的地方了，得好好说他。"

是的，不只是我们两个人有钥匙，左淑东也有，她也可以随意出入，否则在开头我不会误会她是文思的情人。

"你对文思说话，他未必要听你，他情愿死，也要离开你。"我嘲弄他。

滕海圻转过头来，他面色铁青，咬紧牙关："你并不爱他，为什么要同我争他？"

"你也不爱他呀，"我冷冷地说，"如果爱他，把录影带与照片交出来。"

"笑话，关你什么事？"他狞笑，"这些都是在他同意之下拍摄的。"

"当年他几岁？十六？十七？"

"你管不着。"他握着拳头，"他整个人，由我塑造成功，没有我，就没有他，我岂会放他离开我。"

"你这个心理变态的怪物！"我斥骂他。

"你有什么资格骂我？"他瞪着我。

"给文思一个机会。"

"谁会给我一个机会？"他死都不放。

"滕海圻，你如果要把这些秘密公开，你的名誉也会受损，何必连累自己？你不爱文思，也应自爱。"

他忽然仰头大笑，笑得我毛骨悚然，他额角青筋暴现，嘴角溅出唾沫星子来。我觉得害怕，退后一步。

"我的名誉？"他苦涩地说，"王韵娜小姐，我的名誉，早已在你一刀之下宣告完结，我早已人格扫地。"

"你一走了之，而我，只好与左淑东这种女人在一起，我的妻子、生意、合伙人、朋友、亲人，全都离开我，你以为我没有付出代价？现在我还剩下什么？我还怕什么？"滕海圻说。

我静下来。他说的，都是真话。

"我一无所有。王韵娜，我甚至害怕女人，我不能再亲近女人，我已不是男人。王韵娜，你低估了你的杀伤力，你害得我求生不得，求死不能，现在你还要自我手中夺去文思？"

他咬牙切齿地指着我，我木然地瞪着他，滕海圻的真面目完全露出来，他面孔上的愤怒、怨毒、憎恨、苦涩、不甘、无奈，丝丝入扣。

我到现在才发觉原来七年前这件事中，根本没有胜利者，我与他都失败，输得倾家荡产，永远抬不起头来做人。

他说下去："我做错了什么？我不过与妻子以外的女人发生一段关系而已，多少男人神不知鬼不觉，事后仍然做他们的标准丈夫，而我偏偏遇着你，你要与我同归于尽！

你为什么不能像其他女人那样忍气吞声，乖乖地认命？你为什么不大大方方，忘记这件事？你为什么偏要我好看？"

他喘口气："你这个贱人，蛇蝎一样，谁沾上你谁倒霉，如果你不碰到文思，文思到现在还是好好的。"

他把所有的话反过来说，黑的说成白，白的说成黑，却又自以为再正确没有。是世人对他不起，不是他亏欠世人。

他疯了。

我内心闪过一丝恐惧。他早已疯了。

我颤声说："滕海圻，一切还不太迟，放过文思，也放过你自己。世上哪儿有你这样的笨人，自身跳进粪坑，希望溅起的污物能飞溅到你的敌人身上？最终污秽的是你。"

"我不管，我要与他同归于尽。"他大叫。

"他不会与你同归于尽，无论如何，我会与他在一起。"

"那么叫他等着在小报上看照片吧。"滕海圻说。

"滕海圻，不要伤害他。"我说。

"只要他回到我身边，我永远不会公布这个秘密。"

"你为什么不承认事实？他不再爱你，滕海圻，你的所作所为，跟一个妒忌的疯妇有什么分别？"

他忽然扑上来，抓住我的咽喉："我恨你！我恨你！"

我没料到他会失去理智，一时间避不开，他力大无穷，双手渐渐收紧。

我渐渐闭气，耳膜嗡嗡响，心内一片宁静，听见自己喉头发出"咯咯"的响声。

我两只手乱抓乱舞。完了，这次我完了。

正在紧急关头，忽然听见有人喝道："放开她，再不放，我要不客气了。"

我喉头一松，萎靡地倒在地上。

我想张口说话，已经不能够，只可以发出哑哑的声音，又觉得天旋地转，眼前发黑。

但我听到了左淑东的声音。

"你连她都不放过？这么多年，你叫一个少女活在阴影中，到今日还不放过她？"

原来她是同情我的，我靠在墙角，原来这世上还有同情我的人。

滕海圻没有出声。

我睁开眼睛。我明白了为什么滕没有声音。

左淑东手中握着一把手枪，她的食指紧紧扣在扳机上。

"不，"我伸出手，"不——"但是发不出句子。

我想说：一切都要付出代价，别别，千万别轻率。

我挣扎着爬起来。

只听到左淑东叫："坐过去，坐得远远的！"

滕海圻走到床角去坐下。

"把钥匙扔过来！"她继而说，"别以为我不会开枪，别以为你才是唯一一无所有的人。"左淑东声音中的怨恨与他不相伯仲，"你利用我，你用我的钱，用我的身体。你给我一个幻觉，使我以为苦尽甘来……

"你连最低限度的尊严都不给我，你连世上我唯一爱的人都要害死……"左淑东越说越激动，手指不知什么时候会扣动扳机。

她一个字一个字像吐钉子似的自牙齿缝之间迸出控诉。恨，全是恨，恨得筋疲力尽，恨得全身燃烧起来，化为灰烬，恨得巴不得扑向前去，抽敌人的筋，剥敌人的皮。而最可怜的是，曾经一度，她与敌人是相爱的。

我在地上爬动。

多亏她来救我，我扑出门口，左淑东持枪，一直往后退，等我们两个人出了门口，她将门紧紧关上，立刻上锁。

我站起来。

左淑东问我："你怎么样？"

我疲乏地用手护住喉部："我——"

"你怎么会跟他见面？"她拉着我匆匆下楼。

我仍然发不出声来。

"向他讨回证据？你别想，这只会助长他的气焰。"左淑东悲哀地说，"必要时，我只有杀死他！"

我恐惧地摇头："不——"

她拉我上她的车，风驰电掣地开出去。

她把车一直驶到郊外，停住。

她问我："你不是要到美洲去？是不是对文思仍有爱念？"

我只得点点头。

"等文思好起来，我帮你们俩远走高飞。"

我叹口气。

"你现在住在什么地方？仍是你表妹家？"

我又点点头。

"我送你回去，你好好休息，这事交在我手中，我会摆平。"她说得很有把握，很冷静。

我拉住她的手，眼中尽是询问。

"我怎么查清你与滕海圻的事？出来走的人只要打听一下，不难知道。滕海圻在商场上无法立足，才会看上我的钱。与我结婚后，他一直有沦落感，他看不起我，践踏我。"

我的眼光转向窗外。

我们这一堆人，前世不知有什么夙怨，今生今世，又撞在一起，上演这样一出曲折离奇的好戏。

"我会同你联络，文思略微好转，就把他接回家中，你不必到医院看他。"

我死里逃生，最后一丝勇气也烟消云散，只得点头。

左淑东把我送回家。

姬娜骇然取过镜子来让我照。我脖子上青紫色一条条，有几个指印清晰地现在皮肤上。

"你死不打紧，我问你父母怎么办？"姬娜说。

我眼前发黑，像是无数蚊蝇齐齐飞舞，终于晕过去。

开到荼蘼

陆·

每个人都很好。
只缺了文思。
可见文思似荼蘼。

醒时母亲在床头哭泣。

阿张陪着姬娜，一声不响坐在沙发上。

母亲见我醒来，便停止流泪，喂我吃药。

就这样子，她来了又去，去了又来，到最后上来看我的是文思，他倒比我先痊愈，也比我更若无其事。

他说："我搬了家，搬到乡下。"尽讲些无关紧要的事。

我点点头。

他递给我看一张报纸，上面用显著的字标着："左文思等荣获十大最有成就奖。"

"咦——"我奇怪。他从来没有与我提过这件事。

他说："是成衣商会提的名。"

我说："你仿佛不大相信这件事似的。"

"要是你相信去年选出来的美后是全香港最标致的适龄女性，那么你也不妨相信这个奖。"

"这无异是一项荣誉。"

"是的。"他淡淡然。

他一直淡淡的，对一切成就都没表示诧异。

"有没有回公司？很久没回去了吧？"

"店已上轨道，不是要我盯着才有生意的。"

说来说去，不到正题。

终于他问："你原谅我了吗？"

"没有什么要原谅的，"我由衷地说，"这是个人自由的选择，并不妨碍他人，既然无错，何必需要旁人原谅。"

"你的度量真了不起。"他苦笑，"但是这并不代表你会嫁我，我还是不要太痴心妄想。"

叫我怎么回答？

"让我看看你的伤口。"我顾左右而言他。

他没有大方地递出手来。

"这些日子我与姐姐很接近，我们之间产生前所未有的了解，患难把我们拉近了。"文思说。

我点点头，说道："每一朵乌云都镶着银边。"

我们沉默。

他握住我的手，贴在他的面孔上，很久才放下。

我终于问："他有没有继续迫害你？"

他抬起眼睛，看向远方："我已多次打算报警。"

"如果将他落案，对你影响最大。"

"我不在乎。在鬼门关兜过圈子回来，我觉得只要能够晒到太阳就是幸福。这一切总会过去，我总会摆脱他，我可以结束这里的一切，到外国去买一个小农场做农夫。"

我被他说得笑出来。

"但是姐姐仍然与他在谈判，她愿意拿出一切来换回证据。"

我吃惊："那滕海圻要发财了，数辆豪华车子，三层以上的住宅与别墅，七家店，还有无数珠宝证券以及现款。他这下半辈子可以到海外做寓公了。"

"到今日我才发觉，姐姐是这样地爱护我。"文思的眼睛湿润了。

"滕海圻愿意吗？"我追问一句。

"他不愿意。"

这倒出乎意料："他不会不肯的。"

"这次你猜错了。"文思用双手捧着头,"他似抓到老鼠的猫,要好好地戏弄、把玩,以泄他心头之恨。"

"那你应该同他说明,你会不顾一切同警方坦白,大不了闹得全世界知道,大不了没有资格去领十大成就奖。我最恨人恐吓我要挟我,'如果你不……我就……'没完没了。谁知道他拷贝了多少份,总不能一辈子受他挟持。"

"我会同他说。"文思面孔有点惨白。

我叹口气。

"但是姐姐认为事情不是没有挽回的可能,我们两个人挣扎二十多年才有今日,她的心情我可以理解,放下这一切到别处去,凡事都要从头开始,她实在劳累……"

"文思,希望事情有个好结果。"

"你姐姐已经搬离滕家了吧,抑或一直都不是滕家,而是左宅?"

文思不愿回答。

我换个题目:"有没有见朋友?小杨是那么可爱的人。"

第一次见小杨就知道他是那一类人,但左文思,他完全不像。

"韵娜,如果这一切都没有发生过,我们会不会有机会结合？"

我抬抬头，说："我不知道。"

一切看当时有多需要结婚。

真正渴望结婚的话，驴头人身也可以当理想对象；不想结婚时，嫁入皇室还嫌没有人身自由。

认识文思的时候，我真的盼望有个归宿，真的认为感情可以培养，真的觉得婚姻对我有好处。

但现在一切不同。

阿张说得对，他旁观者清，文思永远需要照顾，这也许便是他堕入滕氏彀中的原因。

我此刻只觉得我有道义帮他振作。

"听说你之前飞机票都买好要走了。"

"嗯。"我低下头。

"是为我吧，你是要与我度过这段艰难的日子。"

也因为滕海圻是我们共同的敌人。

这段日子我们恢复来往，我们需要对方做伴，但这种感情很难迸出火花来。我知道。

大节当前，普天同庆，文思约我去大型舞会，我决定与他一起亮相。

　　为什么不？左是死右是死，不如痛痛快快，与他趁着天还没有压下来热闹地玩。

　　他给我定制了一件鲜红低胸的晚礼服。

　　我笑问："不是说只做黑白两色的衣服？"

　　他悄声说："黑白卖给她们，你穿红色！"

　　我扬起红色的裙子，试穿时腰间的鲸骨令我透不过气来，我并没有四十厘米的小腰。

　　文思的助手提着我的头发笑说："舞会王后。"

　　另一位说道："这裙子只能穿一次，万人瞩目，谁会忘记？"

　　"谢谢你，文思。"

　　"给她披上披肩。"文思说道。

　　一张小小的白狐皮立刻搭上我光秃的肩膀，一切都衬得非常艳。

　　"还有我向姐姐借来的项链。"他说。

　　一大串的晶光灿烂，如圣诞树上的装饰物。

　　我摸摸颈项，真瘦，瘦得皮肤都没有光彩，眼睛干燥，不过不要紧。有种粉会闪光，滴一滴眼药水，双目又是水灵灵，一切都可以人造。

228

但我们没有去舞会。

那日下午，文思说："我向滕摊了牌。"

我已知道他不会有心情去跳舞。

"他怎么说？"我焦急。

"他叫我去报警。"文思很沮丧，"他不怕。"

"他只是恐吓你。"我希望滕知道他在做什么。

"你知道他怎么说？他说没有我活不下去。"文思坚决地说，"但是，我宁可身败名裂也不会回去。"

"是因为我？"

"也因为我厌倦那种生活。"文思说。

"那么滕恨错了人。"我觉得宽慰。

"我真不明白他为什么要缠住我，他可以找到比我更可爱更年轻的人。"文思说。

"你有没有听过不甘心？"我问，"不然《秘闻周刊》上怎么会有那么多自曝其丑的自白书？"

"不要再说下去了。"

"文思，要不要到我这里来？"

"不用。"

"要不要人陪？"

"小杨会来。"

"那么好，我们在家度过一个真正的平安夜，你要找我的话，我在家中。"

"姬娜呢？"文思问我，"你有没有伴？"

"人家与阿张要跳舞至天明呢。"

"对不起，韵娜。"

"文思，别客气了。你与小杨聊聊天。"

我独自斟杯酒，想一个人哭一场，但是眼泪说什么都挤不出来。

我睡了。

姬娜回来的时候真的已近天明了，我听见她"嘘"的一声，嘱咐阿张不要吵。

我转个身。

听到姬娜摸黑上床来，也不知卸妆没有。

我又睡熟了。

到有人大力按门铃时，我们俩才一起跳起床。

睡眼蒙眬，我叫出来："如果是滕海圻，千万不要开口。"

"知道。"姬娜披起外衣出去。

我拥着被褥坐在床上，心扑通扑通地跳。

姬娜一会儿进来，面色惊讶。

"韵娜，警察找你。"

"警察？"我张大嘴巴，睡意完全跑掉。

"快套上衣衫出去。"

我只好在睡衣外面罩上运动衣，跑到客厅，只见两个便衣警探向我出示证件。

"王韵娜小姐？"

"是。"

"请你跟我们到警局问话，协助调查一宗案件。"

我吞一口涎沫。

"什么，是什么事？"姬娜上前来问。

"让我拿手袋。"我说。

"究竟是什么事？"姬娜问道。

"我也不知道。"我说。

"韵娜，我害怕。"

"不要紧，你不要走开，在家里等我电话。"

我跟着警察出去。

到达派出所，他们把我请进小房间，待我坐下，问我喝什么，然后开门见山地问："你可认识滕海圻？"

　　事发了。文思已将一切交给警方处理了，这里头再也没有转弯的余地，而我当然成为第一号证人。

　　"认识。"

　　"认识多久？"

　　我喝纸杯中的咖啡。

　　"有九年。其中一大段时间没有见面，我在外国。"

　　"最后一次在什么时候见面？"

　　"大半个月前。"

　　"准确的时间。"

　　"三个星期前的星期一。"

　　"在什么地方？"

　　"在一个朋友家。"

　　"朋友是谁？"

　　"叫左文思。"

　　"地址是落山路七号三楼？"

　　"是。"

　　"你们可曾争吵？"

　　"有。"

　　"可有动武？"

"有。"

"王小姐,你夜里十二时至两时在什么地方?"

"在家中睡觉,你们来把我带走的地方。"

"有没有证人?"

"睡觉也需要证人?"

"王小姐,幽默感不要用在不恰当的地方。"

"没有证人,我表妹当时在舞会。"

"你的意思是,没有人能够证明当时你在家?"

我的心跌下深渊,说真的,的确没有人能够证明我当时千真万确地在家里睡觉。

但是,警方为什么要知道我是否在家睡觉呢?

就算文思报案,与昨夜我是否在家,也没有关联。

我问:"是什么事?"

"你与滕海圻起冲突,据说有身体上的接触?"警方说。

"我不明白这句话,请说明白点。"

"他用手扼住你脖子?"

"这关你们什么事?"我站起来,说道,"我不想进一步回答这些问题,我要找一位律师来。"

"你可以那么做,你可以借用我们的电话。"

我反问他们："文思呢，可是左文思出事？"

一位便衣不停将我说过的话记录下来。

"我为什么会在这里？"我惊惶地问，"你们在查什么事？告诉我。"

"你不知道？"

"我当然不知道。"

"与你曾有冲突的滕海圻，于今日十二点到二点间，倒毙在落山路七号三楼，胸部被利器所刺，即时死亡。"

我张大嘴巴与眼睛，四周围的景物天旋地转起来。

他死了。

他竟然死了。

有人杀死了他，而警方怀疑是我。

"再给王小姐喝一杯热茶。"警方说。

我紧紧闭起嘴巴，我已经说得太多了。

他们有没有发现七年前我与滕海圻之间的事？我尚有什么机会洗脱？

一刹那我精神无法集中，连自己姓名都不能记忆了。

我疲倦地说："把灯拿开，我眼睛痛。"

他们立刻关上灯。

"王小姐，要不要通知亲人来保释你出去？"

"不。"不能叫父母知道。

我静下来，姬娜不懂得处理这件事。我不能麻烦阿张，在这里，我所认识的，也不过只有左淑东与左文思。

我思维渐渐清晰起来。

警方找得到我，自然已经与他们有所接触，他们说过些什么？我气愤，竟把滕海圻与我于三星期前见面的事都说给警方知道。

他们太急于要洗脱自身了。

我很辛酸，一时手足无措。

警探耐心地等我恢复神志。

我或许可以联络我以前的老板曹氏，求助于他。

我拿起电话，打到他家里去。

曹一时间没想起我是谁，这时我已经很后悔冒昧向他求助。

我吞吞吐吐地用飘忽的声音向他告苦："我想请你帮一个忙。"

他机灵地问："可是等钱用？"

我说："不——"

"怎么，还没找到工作？社会不景气呀，韵娜，小款子我是有的，稍迟我要出去，我交给内人，你要是上来，我叫她给你三千块。韵娜，你替我做过账，你该知道我的苦况，我真是惨淡经营……喂喂？左文思怎样？他可是要得奖？你们还有来往吗？"

我终于说："我不是向你借钱。"

"啊？那是什么？"他大大讶异。

"我……只是来问候你，再见。"我挂上电话。

警探们摇头叹息，同情我的遭遇。

其中一位和蔼地说："朋友，原是用来陪吃饭的。"

我说："是我太异想天开了。"

我在毫无选择之下通知姬娜，叫她与阿张同到警署接我。

我惨白地说："你们都怀疑是我吧。"

"王小姐，请在这里签一个名，证明适才那些对话的确出自你口。"

我只好在供词上签名。

姬娜与阿张匆匆赶到，办手续把我接出去，时间已近中午。

在报摊上，阿张买了张晚报。

头条新闻是"富商胸部中刀离奇毙命"。

我闭上眼睛。

所有人最害怕的事终于发生了。

阿张说:"警方会随时传你再度问话,我已替你聘请了律师。"

姬娜说:"最头痛的地方是,你没有人证。"

他们两个人都非常震惊。

我默不作声。

"试着跟左文思联络一下。"阿张说。

阿张代我拨通电话,那边是繁忙信号。阿张只好放下话筒。

姬娜问:"避而不听?"

"不会,"我说,"他不会。"

就在这个时候,电话铃响,我知道是文思,在同一时间,我打电话给他,他也忙着打给我。

"文思。"我的眼泪忽然涌出来。

"你到警局去过?"文思急急问。

"是。"

"聘律师没有?"

"有。"我泣不成声。

"不怕不怕,千万不要害怕,我也到他们那里答过话。"

我哭泣:"我没有人证,他们怀疑我半夜潜离家去谋杀滕海圻,一切证据都是不利于我的,文思,我害怕到了极点。"

"不要怕,不会有事,他们不会将你落案,"他不住地安慰我,"这些不过是表面证据,我马上来看你。"

我含泪坐下。

阿张说:"镇静些。"

姬娜说:"左文思也很值得怀疑。"她放下报纸。"是在他家里出的事。"

"但是我也有他家的钥匙。"我说,"每个人都有,大家都自由进出,也许连小杨都有。"

"小杨是谁?"阿张说。

"文思的摄影师,出事那日,他跟文思在一起。"

阿张皱起眉头,他说:"我约了彭来这里。"

"谁?"

"彭律师。"

"阿张,我没有钱,"我掩脸,"我什么都没有,我已山穷水尽。"

"彭是我的中学同学，不要紧，也许他比你还穷，他一直帮法律援助处做事。"

彭世玉律师比文思到得还早。

他与阿张在房内谈话的时候，文思赶至。

我如遇到救星般迎上去，他与我拥抱。

我与他在露台坐下，我问他："是你告诉他们，我与滕之间的事？"

"不，姐姐说的。姐姐在清晨发现凶案。"

左淑东！

"姐姐的精神亦近崩溃，她逗留在警署近五个小时，把所有不应该说的话都说出来，警方已把她送往医院静养，兼检查精神科。"文思也非常沮丧。

我问："文思，会不会是她？"

文思一震："怎么会是她？"

"文思，我不止一次听到她说过，她要除掉滕海圻。"

"韵娜，你千万不能告诉警方！"

"但是文思，警方怀疑是我做的。"

"他们会查清楚，但是韵娜……"

我霍地站起来："文思，我爱莫能助，我要保护自己。"

"韵娜，她曾经救过你。"

我气馁，"你都知道了？"我颤声问。

"我都知道。"他点点头。

我还有什么话好说，我闭口不语。

"韵娜，我替你请了最好的律师，你放心好了。昨天晚上，姐姐整夜在白天鹅夜总会吃老酒，成千上万的人与她打过招呼……"

我瞪眼尖叫："凶手是我，凶手是我？"

阿张推门出来，很有敌意地看着文思，把我拉在一旁。

"左先生，"阿张发话，"请你不要刺激韵娜，这里的事，我们会处理。"

我痛哭失声。

文思说："韵娜，韵娜……"他的焦急也不是假装出来的。

我整个人如堕冰窖里，我失声说："连你都以为我是杀人凶手。"

这时候忽然有人插嘴问："那你不是吗？"

我也没弄清楚谁在发问，马上大叫起来："我不是我不是！"我握紧拳头，大哭起来。

姬娜过来抱住我。

我将头伏在姬娜的胸上，抬不起头来。

"韵娜，"阿张说，"你有什么事，跟彭世玉说去，他会尽力帮你。"

我说："没有人可以帮我，太迟了。"我恐惧地张大嘴。"姬娜，没有人救得了我。"

那位姓彭的陌生人用力拍我的背脊，有节奏地、缓慢地，像是哄一个不听话受惊吓的婴儿睡觉。大家都静下来，姬娜倒热茶捧在手中给我喝。

过很久很久，仿佛一世纪长，我揩干眼泪。

"文思呢？"我问。

"他一直在露台上。"姬娜说。

我看着彭律师："我没有杀他。"

"你有没有想过要做？"他暗暗地问。

"有，一千次。有一次付之于行动，几乎成功，但他没有死。"

姬娜急了："这话可不能说。"

我低声继续："但我最近，看他如看一只蟑螂，非常丑恶、肮脏、讨厌，但我不会杀他。"

"为什么？"

"不值得。"

"要是他要挟你呢?"

"我会报警。"

"要是这件事对你以后的生活有很大的影响呢?"

"我已经买好飞机票到美洲去。"

"那边也有华人社会。一传十,十传百,你始终不得安宁。"

"是吗? 那么我到安哥拉、廷巴克图去,那里可没有华人。"

"你不怕?"

"一切都已过去,我不怕他。"

"他现在死了,你有没有一丝高兴。"

"没有。"我说。

"没有?"大家都惊异起来。

"我为什么要因墙角一只蟑螂的生死而觉得哀乐? 况且,我替凶手担心,因为太不值得。"

彭世玉问:"你所说一切属实?"

"是。"

隔了一会儿他说:"我相信你。"

阿张欢呼,姬娜白他一眼:"警方是讲真凭实据的。"

"昨天晚上是平安夜,你在哪里?"

"睡觉。"

"发生了那么多事,你还睡得着?"

"我很沮丧,但是我不愿倒下来。"

彭看阿张一眼,点点头。他又问:"你一直在睡觉?"

"一直睡觉,我听到阿张送姬娜回来。"

姬娜插嘴:"那时已经四点多。"

"然后我与姬娜一直睡到天亮。"

姬娜说:"你不是应该与文思去跳舞的吗?"

"文思心情不好,决定不去,叫小杨陪他。"

彭世玉问道:"在十二点与两点之间,你有没有接过电话?"

"没有,甚至没有人打错电话。"

彭世玉犹疑:"你一直穿着睡衣,直到警方到来?"

"是的。"

"韵娜,一切对你太不利。你与滕氏的过去,他与你在日前的纠葛,况且,你还欠他大量金钱。"

"我欠他钱?"我张大嘴。

怎么不是!的确是由他拿出钱来替父亲还债,怎么不是？虽然没有借据，这一切却是事实。

我惊慌地问彭："你怎么知道？"

"有一位祝太太，已自告奋勇，协助警方调查，把这件事全盘托出，她说你人品甚差，刻薄成性。"

她这么恨我，就因为我讽刺她年老色衰？

我张大嘴巴，我简直不能相信一个人会因这么小的事恨另一个人，并要置对方于死地。

"韵娜，你的仇人很多，但是这些人不会承认同你有仇，他们会在法庭说，他们是为正义说话。"彭世玉提醒。

那是一定的，我脱身的机会微之又微。

"这一切加在一起，韵娜，恐怕警方将你落案的成分是很大的。"

我可怜的父母。

彭世玉深深叹口气："你要做最坏的打算，韵娜。在人们眼中，你比蛇蝎还不如——七年前你恃青春貌美，企图破坏滕氏家庭不果，刺伤他身体泄愤，七年后你又回来，向他勒索金钱，进一步要挟他，更加成功地夺去他的生命——"

我愤慨地仰头哈哈哈笑起来："是吗，在人们眼中，我是这样的一个人？我不在乎，我不管人们怎么想。"

彭世玉瞪着我:"当这些人是陪审员的时候,韵娜,你最好还是在乎一点。"

姬娜忍不住哭泣起来。

我倔强地说:"我仍然不在乎。"

"你要在乎。"彭世玉也固执。

"我为什么要解释?一个人是忠是奸,社会早已将之定性,正如你说,证据确凿。像祝太太这种人,不知憎恨我的存在有多久,向她解释有什么用?说破了嘴皮她还不是更得意——她所恨的人终于向她摇尾乞怜了。"

彭世玉说:"现在不是闹这种意气的时候。"

我别转面孔。

彭世玉嘘出一口气:"我要去准备,暂时告辞,有什么事立刻召我。"

阿张送他出去。

文思仍然伏在露台上俯视街道。

这是一个略为寒冷、阳光普照的日子,空气干燥,天高气爽,如果没有心事或具体的烦恼,在假日站在这小小的露台上,凝视风景,应是赏心乐事。

在今日,我与他寝食不安,他如何还有心情注意风景。

"文思。"我唤他。

他转过头来，面色灰败，双眼布满血丝。

我早已经把一切黯出去，摊开手说："没想到吧，你心目中的天使，原来是罪恶的魔鬼。"

他哽咽地说："你只是运气不好。"

真的，再说下去，连我都不再相信自己的清白了。

我心中有许多疑团。那些录影带呢？相片呢？为什么他们都有人证？

文思用手掩住面孔。

阿张忍不住说："左先生，我觉得你需要休息。"

文思便站起来，跌跌撞撞地走出去，姬娜替他开的门。

我叫住他："文思——"姬娜一把将我拉住。

姬娜说："如果他昨日同你出去玩，什么事都没有了。"

我说："怎么可以这样子混赖他？"

连阿张都说："我不喜欢他。我直觉认为他整个人发散着淫邪。"他非常武断。

社会上一般人对有异于传统嗜好的人都有偏见。我为文思悲哀。

我说："文思不是一个坏人。"

姬娜冲口而说："在韵娜眼中，非得杀人越货，才算坏
的——"她掩住嘴。

我转头看着她惨笑，现在我正是杀人嫌疑犯。

我随时等待警方来把我锁走，故此惊惶之情反而渐淡。

我取出文思为我缝制的晚礼服给姬娜看："如果你不嫌
它不祥，送给你。"

"左文思的确有才华。"姬娜也不得不叹道。

"他这一生，从来没有快乐过。"我边说边抚摸着裙身，
"太感性的艺术家很难与常人的喜怒哀乐产生共鸣，他不为
世人谅解，他一直寂寞。"

"你是他的知己。"姬娜说道。

"是的。"我承认。

从头到尾，我自以为爱上他，而其实，我不过是他的
知己。

我深深叹口气。

我把裙子搁在沙发上，转入房内，坐在床上。

经过一日的折腾，天色已近黄昏。

付出这样大的代价，这个死结已经解开。左文思与左
淑东都得到自由。除了我，我这一生注定要活在滕海圻的

阴影下，他活着死了都一样。

阿张与姬娜张罗了饭菜，他们两个人没吃几口，我倒是吃下小半碗饭。

"这一切请暂时瞒住我父母，虽然纸包不住火，但迟一日揭露，他们又可以自在一日，家父有心脏病，实在不能受刺激了。"

姬娜说："韵娜，我与阿张都明白。"

阿张说："今夜我睡在这张沙发上。"

姬娜涨红面孔："不可以。人的嘴巴不知多坏，一下子就说我们同居了。"

我在这样坏的心情下都忍不住微笑起来，姬娜是永远长不大的大孩子。

阿张答得好："同居就同居，又怎么样呢。是否只要有人同居，他们就眼馋？若反对同居，他们大可不同；若赞成同居，大可找人同之。与他们无关之事，他们硬要做出批判，何必加以注意。"

我鼓掌。

那么他不喜欢左文思，并非因他有异常人，而全凭直觉。

我越来越觉得阿张是个妙人，以貌取人，失之子羽，阿张的内心世界宽广而美丽，姬娜是个好运气的女孩子。

那夜我们三人就这样睡了。

半夜一觉醒来，觉得已经戴上手镣脚铐，身败名裂，全岛几百万居民，都对我黑暗的历史与罪行津津乐道，我一切所作所为，街知巷闻，我走在路上，为千夫所指，报章电视新闻，都宣布我所犯天条。

我跳到黄河都洗不清。

背脊上一股冷汗，如毒蛇般蜿蜒而下，留下滑腻腻、冷冰冰的毒液。

即使水落石出，我也生不如死，只能到一个无人小镇去度其余生。

我的脑子像要爆裂一般，原来做一个被冤枉的人滋味是这样的。七年前年幼无知，痛苦不如今日的一半，已决定以自杀解决一切，今日我应当如何应付？

身边的姬娜不在。

我听到客厅中有人悄悄私语。

"……她太镇静了，你要当心她。"

姬娜饮泣。

当心我什么？当心我想不开，从二十几楼跳下去？我连跳楼的力气都没有。

这个时候，才了解到什么叫作血浓于水。

我点燃一支香烟，看它的青烟缥缈上升。难怪作家与诗人都要在一支烟中寻找灵感，的确有镇静人心的作用。

等这个噩梦过去，我一定要再一次振作起来。这个噩梦会不会过去？

姬娜低声说："我很困。"

我连忙按熄香烟，用被子蒙头，装作熟睡。

姬娜问："韵？韵？"

我不出声。

她以为我睡着了。姬娜会相信我在这种时间仍然睡得着，可爱的姬娜。

我头枕着手臂一直到天明。

很快要住到拘留所去，与电热毯说再见，能够享受就尽情享受。

我的心凉飕飕的，不着边际，悬在半空。

阿张敲门，我看看姬娜，小孩似的睡着，长发悬在床边，美丽纯真。

我说："进来。"

阿张拿着两杯热牛奶进来，放在茶几上。

"喝一口，喝不下也要喝。"他真是个聪明人，聪明人最大的缺点便是聪明外露，但阿张没有这个毛病。

他爱怜地看看姬娜。

我微笑说："连累你们俩。"我理直气壮，并没有太多的歉意，因是血亲。

"在这个时候你还说这种话，真是。"

姬娜翻一个身。

"什么时候结婚？"我问。

"快了。"

我不禁生出一股温馨之意："本来由我做伴娘的。"

"现在仍是你。"

我穷开心："这件新娘礼服必须由左文思包办。"

阿张微笑，不忍拂逆我意。

姬娜转一个身，醒来，她显然做了梦："韵？你在哪里？"急急要寻找我。

"我在这里。"我回答。

"我做梦看见你。"她坐起来。

"在什么地方？监狱中？"

"韵，我不准你把这种事当笑话来说。"她一睡醒便发脾气。

"我做了早餐。"阿张退出去。

姬娜形容梦境给我听："你在我们未来的家中，你是我们的客人，大家说说笑笑，不知多么开心。"声音非常怅惘。

我洗脸。

听到门铃尖锐急促地响起来。

我紧紧抓住毛巾。警察！

连姬娜都心惊肉跳地自床上扑出去。

她松着气进来："是小杨找你。"

我又继续揩面孔。人来人往，反而要我安慰他们。最无稽的是多年前父亲生病，亲友哭得呜咽地来探病，反而要重病的父亲跟他们说尽好话："没事没事，我不会死，你们放心……"我一辈子没见过更荒谬的事，因此一生决定不去探病。

此刻小杨来了。我该怎样做？

阿张进来问："要不要我打发他走？"

我笑说："让我来敷衍他几句。"

小杨急急地等我，坐立不安。

我一看就知道他另有新闻，这个平时娘娘腔的小子断然不会无端端这样躁心。

他一见我便说:"韵娜——"

"坐,请坐。"

"我要单独与你说话。"小杨说。

"小杨,这些是我至亲骨肉。"我说。

"不,我只与你一个人说话。"

阿张与姬娜说:"阳光好,我们在露台吃早餐,拉上玻璃门。"

"小杨,你放心了吧。有什么话说吧。"我已略有不耐烦。

"韵娜。关于文思。"他吞吞吐吐。

我看着他。

"前天是平安夜——"他说。

前天?只是前天?我在这里度日如年,仿佛是多年之前的事。

我说:"你同文思在一起?"

"是,文思在九点钟给我打电话,叫我陪他。我已有多月没见到文思了,道听途说他许多事,也有人来向我求证,外头所传是否属实,我都代文思否认,他忽然自动接触我,我求之不得——"

　　小杨说到"求之不得"之时，姿态有点丑恶，我别转面孔。从他的神色看来，他一直知道文思是那一类人，就我不知道。

　　"便赶着上去。文思有心事，但没有喝酒。文思播着柴可夫斯基的音乐，我们着实聊了起来……"

　　我打断他："小杨，这些小节不必细述。"

　　"你必须要听。"

　　我控制自己的情绪："说吧。"

　　"他开了一瓶最好的白兰地招待我——"

　　"小杨。"我厌恶地再次制止他。

　　"你一定要听下去。"他的声音转为急促，"韵娜，不到十一点，我已大醉。"

　　我心一动。

　　我看着小杨，小杨也看着我。

　　我问："你是否不省人事？"

　　"并不。"他说，"我昏睡过去。"

　　"你几时再醒来？"

　　"半夜。"

　　"几点？"

"我看过手表，三点半。"小杨说。

"文思当时在什么地方？"

"在房间中。"

"熟睡？"

"不，他在看书。"

"为什么告诉我？"

"然后警方有人来传他去问话，他说我一直与他同在，警探在我身上获得证实。"

"你认为真实情形如何？"

"我不知道，韵娜，我不知道。"小杨很痛苦。

"你为什么到我这里来，把这些告诉我？"

"我良心不安，韵娜。"小杨似乎镇静下来。

阿张推开玻璃门进来，我转头看着他。

"我们一起到警局去。"阿张说。

我说："我们等彭世玉来再说，小杨当时也不能确定文思是否出去过。"

小杨不出声。

阿张问他："你是知道的，是不是？"

小杨面色大变，他终于低下头说："我们到警局去时，我看到文思停泊着的车子的方向与我初见时不同，车子移动过。"

是文思，他终于取回录影带，解决了这个问题。

小杨站起来："我会到警局去，你们不必押我，希望不是文思。"他失魂落魄地去开门。

大门一打开，我们看到彭世玉，他后面还跟着左淑东。

彭律师并不认识左淑东，她伸手推开彭，先进屋子来，小杨趁这个空当要离开，左淑东硬是拉住不让他走。

姬娜连忙挡在我面前，阿张给彭律师一个眼色，他们俩坐在门口。小杨急道："淑东小姐，你放开我。"

左淑东呆木地说："你们都不要走，听我说。"

她的脸又化好妆，雪白如面谱，阴森森，没有人气。

她又有什么话要说，不都在执法者面前说尽了吗？

"你们怀疑文思是不是？才不是他，是我。韵娜，你一直听我说要杀死滕海圻，我巴不得他死，是我。我设计约他到老地方，杀死他，一把火烧掉所有的证据。"左淑东激动地说。

我一点也不相信她，看看彭世玉，又看看阿张，他们也不相信。她还有什么办法约滕海圻出来，他才不会听她的，这个可怜的女人。

　　彭世玉说："我查过，白天鹅夜总会中有一百人以上，证明你烂醉如泥，一步都没离开过。"

　　左淑东激动地说："所有醉酒的女人都一样，他们知道什么？"

　　彭世玉冷冷地说："汤圆小王也不知道其中分别？"

　　左淑东呆住。我发觉彭世玉知道得真多。

　　过一会儿她说："我有罪，我真的有罪。"

　　彭世玉过来开门："你们都到教堂去忏悔吧，请，王韵娜需要休息。"

　　左淑东拉住我："求你相信我，我才是杀人犯！"

　　我怜悯她："你不是到医院检查去了？怎么又出来了？"

　　彭世玉毫不给她面子："验过无事，医院才不收留她，像她这种懂得发泄，又嫁祸于人的女人，才不愁生神经病。"

　　我惊骇于彭律师的口才。

　　左淑东的面色发绿，一言不发地离开。

　　彭律师用力关上门。

　　"这女人在警局说的废话，足以使非法治社会中十个疑犯判极刑。"他非常恼怒。

　　"她很可怜，算了吧。"我摆摆手。

"你说她可怜？"彭律师笑道，"她可不承认，她认为你比她更可怜。"

"也许她是对的，我们都很可怜。"

大家都很唏嘘。

我问彭世玉："警方几时来锁我走？"

"警方不是胡乱锁人的，他们也得搜集证据，做广泛调查。"他很温和。

"还有谁呢？还不就是我。"我苦笑。

彭世玉说："我不相信是你。"

姬娜在露台上说："看，那是左文思。"

我抬起头。

"他又站在那盏路灯下。"姬娜一脸的诧异。

"真是他？"我走到露台去。

"当然，我对他的身形再熟悉没有，经过那次他在楼下一站两日两夜，化成灰我也认得他。"

"他又来干什么？"

彭世玉说："请叫他上来。"

"我立刻下去。"

我赶着下楼，看见文思站在路灯下，我过去，叫他：

"文思。"把手搭在他的肩膀上。

他转过头来，他并不是文思。

他长得像文思，但并不是文思。

姬娜还是看错了。

那男孩子并不介意，他莫名其妙地看着我，朝我耸耸肩。

真像，长得真像。

"对不起。"我嗫嚅地说，转身走了。

上楼后，姬娜来开门，充满歉意："对不起，他一转过头来与你说话，我就知道他不是文思了。"

我不出声，静静坐下。

姬娜蹲下来："你想见他？我去找他来。"

"不用找，他真的来了。"

阿张在露台上说。

姬娜瞪他一眼："连我都看错人，你又怎么会知道是他？"

"因为他抬起头，正面朝上看。此刻他正在过马路，他三分钟内要按铃了。"

我走到露台看下去，已经见不到他。

大家都静静地等待。

尤其是姬娜，如果时间到了门铃不响，她就要阿张好看了。

门铃终于响起来，很短促，像一声呜咽。

我第一个走过去开门。

文思。

果然是他。他终于来了。

他恢复温文、很镇静的样子，微笑说："每个人都在等我？"

真的，真好像每个人都在等他。文思穿得不合情理地整齐，灯芯绒西装一向是他的爱好，配上无懈可击的毛线领带与猄皮鞋。

"韵娜，我想与你说几句话。"他很温和。

我回忆起第一次在云裳时装见到他的情形。

我说："我们到睡房里去说。"

他向姬娜眨眨眼。他居然还有这种心情。

我诧异于他在一夜之间有这么大的变化，他扮演没事人的角色比我还成功。

到了寝室，他把床上的被褥推过一旁，像是要坐下来，终于没有。他仍然站着，双手插在口袋中。我等他开口，谁知他立刻开门见山。

"那一夜，"他说，"我的确趁小杨醉酒的空当出去见过滕海圻。"

"你不应该的。"

"是，心情再坏，我也应当与你出去跳舞，大错铸成，往往只在一念之间。"

"他怎么引得你出去？"

"他说交回那些东西给我。"

"你相信他会无条件交回那些东西给你？"

"人在绝望的时候，什么都愿意相信。"

"抑或他说得声泪俱下，极其动听？"

"你都知道，你太清楚他。"

我不出声。

"他在屋内等我，他带齐所有的东西等我，我开门进去时，他正在荧屏上放映那些片断。"

我静静听着。

"但主角可不是我。"

我忽然明白了，滕海圻就是这样招致杀身之祸的。

文思早已把自己豁出去了，但他不能看到我受侮辱。

我静静的。"主角可是我？"我在这时候插嘴，"主角是我。"

"是，是你。这是他的最终武器，他要我知道，你是怎样一个人，叫我不能再爱你。"

现在我明白了，七年前我是怎么有勇气拿起那把刀的，很容易，滕海圻可以逼得我们走投无路。

"他完全疯了，拿凶器逼我。我也非常疯狂，决定与他同归于尽。"文思的声音很平淡。

"但你没有杀死他。"我冲动地说，"你不是凶手。"

"在纠缠中刀似插入牛油一般地插入他的心脏。"

我战栗地看着文思。

"我看到刀插在他胸前，心中一阵快感，我并没有打算救他，也没有探他鼻息，只拿过所有东西，回到家中，一把火烧掉。"

我轻轻问道："你那么恨他？"

"是。"文思说，"我很害怕，但我也很痛快。"

我坐在床沿，他过来坐在我身边。

我问："你不后悔？"

"没有，"他说，"我只怕会连累到你。"

我低下头。

他又说："韵娜，你会觉得肉麻，我很爱你。"

"我知道，文思，我知道。"

我与他紧紧相拥。

我知道。我说："你不能忍受滕海圻一直折磨我。"

他微笑："真可惜，韵娜，真可怜我们不在适合的时候相遇。"

我的眼泪炙热地涌出来。

姬娜来敲门。

"他们来带我走了。"文思放开我。

姬娜推门进来，她面孔忧伤，但相当沉着。她说："警察，找左文思。"

很久很久之后。

姬娜问我："你有没有答应等他？"

"没有。"

"为什么不？"

"因为在戏中，女主角都对男主角说'我等你出来'。"

"但他的确爱你。"

"我并不想等他，所以没有说会等他。"

姬娜说："但是你最终没有去北美。"

"文思需要我，"我说，"我留在此地，可以常常去看他。"

姬娜笑："我真不明白你，你不承认爱他，却又对他这么好。"

我也只好笑。

"你昨天去见工，成绩如何？"

"不要提了，那老板一见我，马上疑心，说我面熟，回办公室兜个圈子出来，立刻说位置已经有人了。谁会聘请一个背景这么复杂的职员呢？"

"但你不过是案中的证人。"姬娜不忿。

"幸亏父亲已经退休，"我苦笑说，"不用见任何人，不必尴尬。"

"他真的没有看到任何报纸？"

"不知道。老人家……很神秘，有时候明明知道，他们也假装不知道，糊涂点好，给人说声笨，打什么紧？"

"健康没问题就好。"姬娜说。

我问："婚姻生活好不好？"

"很好，"她又补充一句，"非常好。"

看样子也知道好得不得了。

我说："文思说，他本来想替你缝制婚纱的。"

"幸亏没有。"她拍拍胸口。

我斜眼看她:"刚才你还说,那些不相干的人没理由歧视我。"为何她又歧视文思?

"你们不同,他太不一样了。"姬娜说,"你,你是无辜的。"

但滕海圻一直控诉我害了他,也害了文思。我才是罪人。

"你真的不去?"姬娜问我。

"你去,我在这里等你。"

"装修都换过了,现在由小杨接手做,你怕什么?"

"但店名还一样,我不想去。"

"那么你在此地等我。"姬娜说,"我已叫彭世玉来陪你了。"

"姬娜,"我说,"谢谢你。"

新店新装修,新老板新作风,今日开张,大宴亲朋,无论发生了什么,太阳总是照样地升起。

我独自坐在咖啡室中,转动着咖啡杯。

有人走近来,低声笑说:"仍然失意,仍然孤独?"

我抬起眼,是彭世玉。

他在我身边坐下来。

我认识他也已经很久了,到最近才看清他的尊容,他非常英俊高大,非常能干,非常固执,也非常穷。

刚刚从学堂出来，没有什么收入，穷到只能穿一双球鞋，衬他的黑西装，然而仍然风度翩翩。

就是这样，也迷死好多女性。她们称这种格调为"有型"。

此刻我在想：我小时候亦是一个标致的女郎，为什么从来没有运气结识像他这样可爱的男孩子？

我取出香烟，彭为我点火。

他说："政府忠告市民，吸烟危害健康。"

我苦笑，不语。

"你的人生观像老太太。"

有些老太太比我积极得多，还打算穿粉红色迷你裙呢。

"振作点。"彭说。

我不出声，我那么同情文思，对他那么好，但不打算与他厮守一生。彭世玉这么关心我，对我没有偏见，但也不见得会把一生奉献给我。

我开口："凭良心说，我难道还不够振作？"

他无语。

隔很久很久，他问："去看过左文思了？"

"他在里面还适应。"我点点头，"比想象中的好。"

"你知道他那个奖已经取消？"

我说:"协会根本否认发出过奖状给左文思。"

"世事是这样的。"彭世玉说,"有什么意外呢?"

我说:"文思根本不在乎这种事。"

"你对他这么好,你会等他出来吧,才六年。"

"我不知道。"我抬起头,看玻璃外蔚蓝的天空。

"左淑东,她现在正式与汤圆小王在一起。"

"她快乐吗?"我不经意地问。

"至少此刻她付出酬劳,得到服务,交易是公平的。"

"她爱文思。"我说,"为这个,一切都值得原谅。为什么不呢?前半生人出钱买她,下半生她出钱买人。"

有人奔过来。"你们在这里!哈,可找到了。"我转头,是小杨,他一脸光彩,神色飞扬,拉住我同彭世玉。

"今日小店开张,你们一定要来喝一杯。"

为什么他一定要强人所难。

我刚要拂袖出去,彭世玉轻轻碰我一下,他并没有说话,但递过来的眼神都希望我不要扫兴,随一随俗。有些人就是有这种说服力与魅力,我气馁,深深叹口气,点点头。

彭世玉以眼神表示嘉许。

我们跟着小杨到他店里去。

姬娜说得对，这根本不是同一家店。黑白大理石的地板早已换掉，改铺厚厚的地毯，一室的石膏模特，穿着很俗艳的衣裳。

小杨如蝴蝶似的扑来扑去招呼五百名以上的客人，室内空气混浊。彭世玉诧异地问我："这家店叫'云裳'，可是源自'云想衣裳花想容'？倒是俗得可爱。"

"开到最后是荼蘼。"

"什么？"彭世玉这种在小学之后没有与中文接触的人自然听不懂。

"荼蘼。"我说。

"是一种花吗？"

"属蔷薇科，黄白色有香气，夏季才盛开，所以开到最后的花是它，荼蘼谢了之后，就没有花再开了。"

"这么怪？"彭世玉问，"你见过这种花？"

"没有。"我只见过千年塑胶花。

"一切没有根据。"彭世玉笑。啊，那边站着与小杨攀谈的不是曹老板吗？再过去的是祝太太。

每个人都很好。

只缺了文思。可见文思似荼蘼。

图书在版编目（CIP）数据

开到荼蘼 /（加）亦舒著 . —长沙：湖南文艺出版社，2019.9
ISBN 978-7-5404-9319-6

Ⅰ . ①开… Ⅱ . ①亦… Ⅲ . ①长篇小说—加拿大—现代 Ⅳ . ① I711.45

中国版本图书馆 CIP 数据核字（2019）第 121361 号

上架建议：畅销·小说

KAI DAO TUMI
开到荼蘼

作　　者：[加]亦舒
出 版 人：曾赛丰
责任编辑：薛　健　刘诗哲
监　　制：毛闽峰　李　娜
特约策划：李　颖　沈可成　雷清清　张若琳
特约编辑：周子琦
特约营销：吴　思　刘　珣　焦亚楠
封面设计：利　锐
版式设计：李　洁
出　　版：湖南文艺出版社
　　　　　（长沙市雨花区东二环一段 508 号　邮编：410014）
网　　址：www.hnwy.net
印　　刷：北京中科印刷有限公司
经　　销：新华书店
开　　本：775mm×1120mm　1/32
字　　数：129 千字
印　　张：8.5
版　　次：2019 年 9 月第 1 版
印　　次：2019 年 9 月第 1 次印刷
书　　号：ISBN 978-7-5404-9319-6
定　　价：49.80 元

若有质量问题，请致电质量监督电话：010-59096394
团购电话：010-59320018